皇帝陛下の専属司書姫

攻略対象に恋人契約されています！

やしろ　慧
KEI YASHIRO

一迅社文庫アイリス

CONTENTS

ルーカス
二十七歳。トゥーラン皇国の皇帝で、絶大な魔力の持ち主。
ゲームの攻略対象でありラスボスでもある。ゲームでは『憤怒』の大罪の特性を持つ。性格は狡猾、傍若無人。
攻略対象に恋人契約されています!
皇帝陛下の専属司書姫
カノン・エッカルト
十八歳。パージル伯爵令嬢。
異母妹のシャーロットに会ったことで、自分がゲームの悪役(当て馬ポジション)に生まれていたことに気づく。
ヒロインに嫉妬して身を滅ぼす運命を逃れ、平穏な人生を送ることが目標。
本が好きで皇都の図書館勤務を希望。

シャーロット

十六歳。カノンの異母妹で、
ゲームのヒロイン。愛らしい容姿の持ち主。
綿菓子みたいな女の子。

レヴィナス

十七歳。カノンの義弟で、皇都の大学に
通っている。ゲームの攻略対象の一人。
『嫉妬』の大罪の特性を持つ。

イレーネ

カノンの母親。皇族の傍系の娘で、
皇太后の庇護下で養育された。
カノンが幼い日に亡くなった。

ゾーイ

子爵夫人。皇都の図書館第一棟の館長。
人当たりの柔らかい人物。

ヘレネ

皇太后の侍女。フィンツ子爵令嬢。
黒髪の豊満な体つきの美女。

オスカー

二十五歳。ディアドラ侯爵家の嫡男で、
カノンの元婚約者。ゲームの攻略対象の
一人。『傲慢』の大罪の特性を持つ。

バージル卿

カノンの父親で伯爵。長女のカノンには
冷たく、次女のシャーロットを溺愛している。

ベイリュート

タミシュ大公。その美貌と女性遍歴で
有名。ゲームの攻略対象の一人。
『怠惰』の大罪の特性を持つ。

ダフィネ

皇太后。ルーカスの祖母で育ての親。
カノンの母、イレーネの後見人をしていた。

ジェジェ

白いホワホワした毛並みの魔猫。
カノンのことを気に入っている。

ルカ

カノンが皇都で出会った騎士。
図書館でよく昼寝をしている。

KEYWORD

《虹色プリンセス》

生まれ変わる前のカノンがプレイしたことのあるゲーム。
七人の攻略対象がそれぞれ七つの大罪『傲慢』『強欲』『嫉妬』『憤怒』
『色欲』『暴食』『怠惰』になぞらえた『傷』を持っている。
その傷をヒロインたちが癒さないと家や国が滅ぶ物騒な内容。

イラストレーション◆なま

★プロローグ「誕生日」

「はじめまして！　お義姉さま。私がシャーロットです。今日からこのお屋敷でくらすの、私、すごく、すごぉく楽しみにしていましたの」

階段下の玄関ホールから不似合いに明るく、甘ったるく、あどけない声が響く。

屋敷の女主人である伯爵夫人が亡くなった、その喪中の重苦しい空気が消えないパージル伯爵家屋敷での出来事だった。

カノンは少女から無遠慮に向けられた視線のせいでぐらぐらと床が揺れている気がして一歩下がり、実際に揺れていたのは自分の足だった、とすぐに気づく。

まだ、母が亡くなって半月も経《た》たない日。それなのに父は外に「囲って」いた「義妹」を連れてきた。

十歳のときではあったが、カノンはその日のことをまるで昨日のことのように覚えている。

父が外に家庭があるのは知っていた。

母親が違う義妹がいることも知っては、いた。

父がカノンよりもずっとその子のことを好きなのも。

だが、こんなことはとうてい受け入れられない。

だって、優しかった母が永遠に目を閉ざして、棺《ひつぎ》に閉じ込められ冷たい地面の下に埋葬されてから、日が浅い。母の部屋には、主《あるじ》がいたときのまま、好んでいた香の香りさえ残っていて、カノンの翠《みどり》の瞳《め》から、涙が乾く暇だってないのに！　なんてひどい裏切りだろう！

母が苦しむ原因になった「外の子」を、母の気配が色濃いこの屋敷に入れるわけにはいかない。カノンは怒りに動かされて足早に階段を駆け下りる。

頬《ほお》を思いきり打ってやるつもりで妹の姿を視界に入れた瞬間、カノンは雷に打たれたような衝撃を受けてその場で凍り付いた。

「仲良くしましょうね」

ふわふわしたストロベリーブロンド。青い瞳《ひとみ》。鈴を転がすかのような声。天使かと見まがうような可愛《かわい》らしい一歳年下の少女は邪気のない笑顔でカノンに天使のように微笑《ほほえ》む。

彼女の隣には父、パージル伯爵がいて、慈愛に満ちた視線でシャーロットを慈しみながら残酷に告げた。カノンのことは一顧だにしない。

「カノン——姉としてよくしてやりなさい。ああ、シャーロット。お前をこの家に招くことができてよかった」

よかった？　お母さまが亡くなったことがですか？

カノンは絶句して、思わず手を振り上げた。

怒りは父に、そしてまっすぐに目の前の異物に向かう。

この少女がこの屋敷に来られたのは母が亡くなったからだ。それをよかった、だなんて！

叫びそうになったカノンは——すんでのところで動きを止めた。

シャーロットの口元がほんの少し意地悪く笑ったのが見えたからだった。

ヒュ、と……喉《のど》元から出そうになった悲鳴みたいな息を引っ込める、だが、脳裏に自分の声と転がり落ちる予定だった台詞《セリフ》が響いた。

『おまえみたいな、どこのうまのほねからうまれた子なんか、義妹なもんですか』

言いかけて、はっと動きを止める。

……その言葉は口にしていないのにどこかで聞いたことがある。

何度も。

『ひどい、お義姉さま。シャーロットはただ仲良くしたいだけなのに、どうして意地悪をするんですか？』

そう言ってすすり泣く、妹の姿もどこかで見たことがある。出会ったばかりの妹を殴りつけたカノンを見て怒り狂う父親の「映像」まで浮かんだ。

ガラス窓に映った自分の姿を見つめて、カノンは雷に打たれたかの如《ごと》く記憶が甦《よみがえ》る。蒼白《そうはく》になった黒髪に翠色の目をした少女、カノンの横に、今にも注釈が出てきそうだ。

『カノン・エッカルト。ヒロインであるシャーロットに嫉妬《しっと》する異母姉。皇帝の手先になっては、いつもシャーロットを邪魔する』

カノンは腕を不格好に振り上げたまま固まった。きょとんとするシャーロットのその可愛らしさとわざとらしい泣き顔をまざまざと見つめた。

その泣き顔の横に説明書がピッという電子音と共に浮き上がる幻覚が見える。

『シャーロット。この世界のヒロイン。愛らしい容姿と誰《だれ》からも好かれるその優しさで攻略対象を癒《いや》していく……』

「うそ、でしょう？」

カノンは小さく声をあげた。

まるで走馬灯のように、映像と文字情報が流れ込んでくる。

美しいヒロイン、あれはこのシャーロットが成長した姿だ。そして彼女を取り巻く、鮮やかな青年達。そしてヒロインに呪詛《じゅそ》の叫びをまき散らしながら必ず死んでいく黒い髪に翠の目をした少女――。

「ここが、どこか」「自分が何か」それを確信してワナワナと震える――。

私はこの世界を知っている、この世界も、この結末も。私が誰であるのかも！

これは、ゲームだ。

ゲームの中だ。しかも、とんでもないご都合主義なゲームの中だ。

よりによって、自分はその、悪役に生まれ変わっている！

確信した瞬間に、また電子音と共に説明が流れ込んでくる。

『人は生まれ持って七つの罪を持つという』

傲慢《ごうまん》、強欲、嫉妬、色欲、暴食、怠惰、そして憤怒。その罪の特性を持ちながら苦しむ登場人物、彼らを愛し、その愛で癒すのが「主人公」の務めだ。

そして、カノンはシャーロットを邪魔し、虐《しいた》げ、憎まれ、――どのルートでも彼女の踏み台になって破滅する羽目になる。体《てい》のいい装置だ。

誠心誠意《せいしんせいい》、忠誠をささげたラスボス――憤怒をつかさどる皇帝さえ、部下のカノンはあっさり処刑するくせに、シャーロット《ヒロイン》には一目惚《ぼ》れして永遠の愛を誓うのだ。


「冗談じゃないわ」

カノンは愕然《がくぜん》とした。父に愛されず、上司には裏切られ、すべてを失うなんて。

――そんな虚《むな》しい人生は嫌だ、絶対に嫌だ……！

カノン・エッカルトはひゅっと鋭く息を呑《の》んで、崩れ落ちるようにその場で昏倒《こんとう》した。


――懐かしい悪夢にうなされて自分の悲鳴で目が覚めると、部屋はひどく冷えていた。

暖炉にくべていた薪《まき》は明け方には消えてしまっていたらしい。部屋の周辺は人の気配もしないが、窓に近寄ると風に乗ってかすかに楽し気な笑い声が聞こえてきた。母屋《おもや》からだろうか。聞き覚えのある、鈴を転がしたような声を耳にしたせいで、寒さが増した気がして、きゅ、と肩にかけたショールを胸元でかき寄せる。背伸びを一つして凝った体をほぐし、手早く朝の支度を自分で済ませ、今日の日付を確認してカノンはため息をつく。

……誕生日の朝にしては寒々しい、と自嘲《じちょう》する。

「誕生日の定義ってどんなものかしらね」

それも、成人を迎える、一生に一度の十八歳の誕生日というものは？

カノン・エッカルトは翡翠《ひすい》の目を細めて考え込み、無言で部屋を出て図書室へ向かった。

朝の支度には貴族令嬢ならば当然いるはずの侍女達も顔を出さない。

カノンの侍女は老いた通いの侍女が一人だけ。昔は人並みに多くの侍女がいた。けれど一人、一人と辞めていき、補充されないまま、いつの間にかそうなってしまった。老女は痛む指でいつまでカノンの元に通ってくれるだろうか、と申し訳なくなる。

娘に侍女もあてがわないなんて、あるまじき待遇だと父伯爵に怒っていたのは最初の数年だけで、ここ数年はもうその気力も失《う》せている。

伯爵邸の陽《ひ》の射《さ》さない一角に足を踏み入れて、背の高い本棚を見上げて背表紙を眺める。

残念ながら本棚にあるどの本にも誕生日のことは書かれていないそうだ。小説から予測するに――きっと、家族や親しい友人がこぞって祝いの言葉を述べ、テーブルにはみ出さんばかりのプレゼントを並べ、主役たる私は――嬉《うれ》しさに頬を染めて礼を述べるのが正解だろう。

「ありがとう、みんな。どの贈り物も素敵なものばかり！　きっと大切にするわ！」

主役はたぶん、そんな台詞を紡ぐはず。想像力は乏しい方ではないと思いたいが、生憎《あいにく》と誕生日については世間一般が考えるようなものしか想像できない。

なにせここ数年、まともに祝われたことがないのだ。

だから今も、いつもの通り屋敷の一角にある小さな部屋で本と睨《にら》みあっている。

「……さて、これで書架の整理は完了、っと。小さいけれど立派に図書室に見えるわ」

ぱんぱん、と。手についた埃《ほこり》を払いながらカノンは作業を終えた。

長い黒髪は無造作に背中で結わえられている。ややきつい印象の目元は珍しい混じりけのない翡翠色だった。季節は、冬。冬至も近い。

早朝から陽の当たらない部屋で作業をしていたせいで指先がかじかんでいるのに気づいて、はあっ、と息を吹きかけた。

目の前にある棚から黒い絹の背表紙の本を取る。

背表紙にはなんの題字も書かれていない。

しかし――、

「本よ。我が声に応《こた》え汝《なんじ》の名を証《あか》せ」

カノンが翡翠の目を薄く光らせて命じ、背表紙をひと撫《な》でると、本は、今まさに目覚めたかのようにくるりと慌てて空中に舞う。

撫でられた指に呼応するかのように背表紙に金色の文字が浮かんで、カノンは目を細めた。

「ええと、これは……古代語かしら」

別の棚に置かれた辞書を引っ張り出してタイトルを解読する。

「神々、が喜ぶ、供儀《いけにえ》、全集？　穏やかじゃない題名ね」

供儀を喜ぶ神々と記されたからには、信仰対象は邪神だろうか？　ずいぶんと不穏だ。

古代帝国の信仰や魔術は、現代の感覚では物騒なものが多い。だけど好奇心に勝てずに「供儀」とはどんなものかと本を開いてページを指でなぞる。

途端に部屋の中に音楽が流れる。聞いたことのないフレーズにカノンは目を細めた。

讃美歌《さんびか》か何かの類《たぐい》だろうか、短音ではあるもの荘厳《そうごん》な曲調に少しばかり耳を澄ませてから、閉じる。と同時に音楽も止《や》む。

小さな図書室にあるのは普通の本ばかりではない。魔術が込められた魔術書もいくらか存在する。本を構成しているページ部分はどうやら植物由来ではない。

「素材はなにかしら。竜革だったらすごいな……インクも、ドラゴン由来かも」

ひょっとしたら血液をもとにしたものかも――。大陸の南にいた亜人は昔、死したドラゴンの翼部分の革を加工してなめして紙にしていたという。インクもドラゴンの血液を使い魔術書としていたと。ドラゴンの血液は呪物《じゅぶつ》的な側面を持つ。もしこの本がそうならば、高等な魔術が付与されているのも頷《うなず》ける。

調べてみたいけれどここではよくわからない――と考え込みながらも、カノンは寒さに震えて手を止めた。窓から外を見れば雪が降っているのがわかる。

「雪が積もっていたのね、どうりで寒いはず」

椅子《いす》にかけっぱなしにしていたガウンを羽織って窓に近づきガラスの曇《くも》りをハンカチで拭《ふ》く。ぼんやりとした透明の板越しに庭を眺めればそこは一面、美しい銀世界だった。

窓を開けて美しい世界と新鮮な空気を楽しもうかと思ったけれど、足元から忍び寄る冷気を感じて諦《あきら》めることにした。

伯爵邸の一番北側の古い区画の自室も冬はひどく冷え込む。

立て付けが悪い窓は一度開くと閉じるのに力が必要だ。部屋に戻って窓から流れ込む空気に体が冷えてしまうのはごめん被《こうむ》りたい。悲しいことに、カノンの部屋は暖炉の火はすっかり消えているし、薪の補充もあまりない。

折り合いの悪かった亡き妻が生んだ長女を厭《いと》う父の命令なのか、父の無関心をいいことに使用人が設備費をくすねているのかは判断がつきかねるが、どちらにせよ、カノンがこの屋敷で異常なまでに放置され、いつも身体《からだ》が寒々としていることは確かだ。カノンは小さくくしゃみをした。昼になって小腹がすいても昼食を誰も持ってこない。仕方なく食堂に降りて軽食を頼むとメイドが面倒臭そうに盆に紅茶とパンを載せた。

夕方近くなって、さて、そろそろ図書室を出ようかと思った時――控えめに扉がノックされてカノンはつい、と顔を上げた。

「義姉上、いらっしゃいますか」

扉向こうから少年の声が聞こえる。カノンは扉に向き直った。

「ここよ」

「探しました――義父上たちがお待ちですよ」

カノンの許可を待たずに扉が開かれて、ひょい、と少年が顔を出す。

緩く切りそろえられた黒髪の柔和な物腰の少年の名はレヴィナスといい、カノンの義弟だった。

「父上が私を待っている、ですって？　どうして？」

「特別な日でしょう、今日は……義姉上の誕生日だ――しかも十八歳の」

レヴィナスが言い淀《よど》んだが、視線を逸《そ》らしながらも告げた。

「……レヴィが私の誕生日を知っているとは思わなかったわ。それに父上も覚えていたのね」

自嘲するカノンに、レヴィナスはどこか慰める口調だ。

「娘の成人の日は忘れないでしょう。大事な話がある、とおっしゃっていましたよ」

大事な話、とおうむ返しに口にしたカノンに、義理の弟は頷いた。

レヴィナスはカノンの父パージル伯の異母弟の子で、小さい頃《ころ》に両親を亡くして伯爵家に引き取られた。

いつもは学校の寄宿舎にいるのでカノンとはあまりなじみがない。

だから伯爵が先妻との間に生まれた長女を疎《うと》んでいるのは知っていても、誕生日くらいは祝いごとをするものだと、一般常識として疑いもしないようだ。

だが、……残念ながら、カノンはこれから伯爵が長女に何を言うのか、知っている。

伯爵家の家格を上げるために、と皇族からこの家に嫁いだ母が亡くなって、早、八年。

母を喪《うしな》って悲しむカノンを尻目《しりめ》に堂々と亡き恋人との間に生まれた娘を屋敷に迎えてからは父の関心はもっぱら異母妹と、養子に迎えた甥《おい》にある。

不仲だった妻との間に生まれた、しかも自分に似ていない陰気な長女カノンのことはほったらかしだ。そんな娘に今更あの父親がいい話など持ってくるはずもない。

「着替えてくるわ」

カノンは素っ気なく義弟に告げると部屋に戻る。

部屋でクローゼットの片付けをしていた老齢の侍女に身支度を頼んだ。今日はカノンの誕生日ということもあってか、どことなく浮き立っているようだ。

「カノンお嬢様、おはようございます。どこに行かれたのか心配しておりました」

人の好《よ》い侍女はカノンの黒髪を左右に編み込んで真珠の飾りを左につけていつもより華やかに仕立ててくれる。使用人に過ぎない彼女だって今日は特別な日だと認識しているのだ。

「オスカー様もおいでだとか。お嬢様への贈り物はなんでしょうか。――よいお話があるといいですね」

「ええ、そうね」

適当に相槌《あいづち》を打ちつつカノンは鏡の中の己と見つめあい、ため息をついた。

漆黒の髪、どこか険のある翠の瞳——。美女だと褒められることは正直、なくはない。

だが、それに但《ただ》し書きがつく。『まるで悪役みたいな——性格のきつそうな美人だ』と。

「悪役、ね」

鏡の中の自分にこっそりと語りかける。

「——だって仕方ないいんじゃない？　事実、そうなんだもの——」

大きなため息をつくと侍女が「いかがなさいましたか？」と聞いてくる。カノンはいいの、なんでもないのと首を振った。

そういう事情はカノンだけが知っていればいいことだ。重い足取りで家族の待つ客間へと急ぐ。

夕食には、婚約者のオスカーが招かれているから、カノンの成人を機に結婚の日取りを決めようとしてもおかしくないのだが、そんなことにもならない、とカノンは知ってしまっている。

たぶん、オスカーがくれるのは——と予測して頭を振った。考えても仕方ない。

「父上、遅れて申し訳ありませんでした」

カノンが客間に足を踏み入れると和《なご》やかだった会話が止まり、部屋の温度が下がるのがわかった。父と異母妹シャーロット、それに華やかな容姿の男が会話を止めて顔を上げる。

金髪碧眼《へきがん》の婚約者は異母妹の隣で品よく微笑んでカノンを見た。

「やあ、カノン」

「ごきげんよう、オスカー」

レヴィナスは何やら言いたげに義理の姉二人と義父を見たが、ワインと共に言葉を飲み下した。

ぎこちなく会話を止めた家族の沈黙を拾って、父がにこやかに笑顔を作る。

「今日で成人だな、カノン。お誕生日おめでとう」

「ありがとうございます、お父様」

皆が不自然に笑顔のなか、父はうん、と頷き何やら通り一辺倒の祝いの言葉を述べてから、ゴホンと咳《せき》払いをした。

「カノン、お前も成人したのだから……これからの身の振り方を考えなければならない」

「と、申しますと?」

伯爵は手を揉《も》みながら明後日の方角を見つめて、言った。

「おまえは淑女教育も熱心に受けていない。成人になったと言うのにずいぶんと未熟だ。本来ならば成人の日にオスカーとおまえの婚約のお披露目をするつもりだったが……」

カノンは心の中だけで反論した。教育を受けていないわけではなく、なぜか家庭教師が次々に辞めてしまうせいで、独学を強《し》いられているだけだ。

「するつもりだった、ということは……どうなるのでしょう？　婚約披露は延期ですか？」

カノンは空とぼけてから水を口に含む。

父はどこまでも悲しそうに言った。

「――オスカーはおまえではなく、シャーロットと婚約することになった。おまえにとっては辛《つら》い宣告かもしれないが……」

聞き分けなさい、云々《うんぬん》。

演技がかった台詞を横目で聞き流しながらカノンはなかなかに美味な前菜に手をつけた。

オスカーが申し訳なさそうに父の台詞を継ぐ。

「君のことも大事に思っている、カノン。けれど真実の愛には、逆らえなかったんだ」

カノンは目の前に置かれた肉を切り分けた。もぐもぐと口にして、咀嚼《そしゃく》してから、オスカーを見る。

「私を大事に思ってくれていたの？　本当に？　だったら嬉しいわ」

「ごめんなさい、お義姉様。オスカー様がどうしても……って」

妹の泣き真似《まね》と言い訳を聞きながら、カノンはナプキンで口元を拭いて、ナイフとフォークをテーブルの所定の位置に戻す。

「わかりました」

「そう言うな、カノン——地味で本ばかり読んでいるおまえではなく、一緒にいて楽しいシャーロットの方が——ん？　いま、なんと言った？」

「わかりました、と申し上げました。お父様、オスカー」

父はひどく意外そうにこちらを見たし、楽しげに緩む口元を華奢《きゃしゃ》な指で隠していた異母妹が動きを止める。

オスカーまでもがぽかんと口を開けたのを確認して、カノンは行儀悪く肩を竦《すく》めた。

皆、突然の婚約破棄宣告にカノンが取り乱して泣くと予想していたんじゃないだろうか。

シャーロットにいたっては、それを楽しみにさえしていたかもしれない。

天使のような外見の妹は、カノンが何か不利益を被る時だけ……意地の悪い笑みを浮かべる。

カノンにだけ見えるような、絶妙な角度で。

実のところはカノンだって今すぐ椅子を担ぎ上げて暴れたい。

婚約破棄宣告への怒りではなく、わざわざ成人の日にそれを言う父の残酷さに腹が立つのだ。

だが「知っていた」ことなのでカノンは冷静に肩を竦めるに留《とど》めた。

「婚約破棄を承知しました、お父様。オスカー様の婚約者にシャーロットがなるなら伯爵家と侯爵家との縁は安泰ですもの。それに二人は美男美女で、お似合いだわ。おめでとう、シャーロット。オスカー様と幸せにね。私、いつかこうなるって確信していたの」

だって、そういう世界だもの、と心の中でため息をつく。

「あ、ありがとう、お義姉様」

美しい異母妹は言いながらも姉を凝視し、オスカーも狼狽《うろた》えて、カノンに言い訳を始める。

「あ、ああ――ありがとう、カノン。……だが、誕生日に告げるつもりじゃなかったんだ」

「いいのよ。おかげで記憶に残る成人の日になったわ」

これは嫌味だがオスカーは、ハハと気が抜けたように笑った。それに一瞥《いちべつ》をくれてからカノンは同じような顔で呆《ほう》けている父伯爵へ視線を移す。

「ところで、父上。私の誕生日にいただけるのは婚約破棄の宣告だけでしょうか？」

娘の皮肉に父伯爵が、う、と言葉に詰まる。

本当にそれ以外は何もないらしい。カノンはそうですか、とつまらなそうに呟《つぶや》いた。それにどうやらプライドを傷つけられたらしい父は顔を歪《ゆが》める。

「……考えていないわけではない。あとで書斎に来なさい」

「楽しみにしています」

目が泳いだので、有耶無耶《うやむや》にしてきっと終わりに違いない。

白々しい時間が過ぎるのを我慢して、カノンの頭上で交わされる会話に適当に相槌を打ち、デザートまできっちり食べ終わると、頃合いを見計らって立ち上がる。

「今日はありがとうございました。私は、これで」

これ以上ここにいる必要もないだろう。父もバツが悪そうに退出を許したので、カノンはゆっくりと歩いて客間を後にした。玄関を通り過ぎて屋敷の北側の端にある自室に帰ろうと方向を変えたカノンの耳に駆けてくる足音が聞こえてきた。

「あら、レヴィナスご機嫌ね？　何の御用？」

足音の主は義弟のレヴィナスだった。夕食を切り上げてカノンを追ってきたらしい。

「意地悪な言い方ですね、義姉上。……誕生日おめでとう、ございます……」

はーっと肩を落とした義弟から小さな小箱を渡されてカノンは目を丸くした。

街のどこかで買ったのか緑色のリボンまでつけられている。

「これ……！」

「お誕生日にはプレゼントが必要でしょう？」

どうやら、義理堅い義弟は、カノンへの贈り物を用意していたらしい。

カノンは息を止めて手渡された小さな小箱を見つめた。

「インクとガラスペンです。安物の……伯爵令嬢に贈るものではないですよね、すみません。その、義姉上はよく書き物をされていたから……」

黙りこくってしまったカノンが、喜んでいないと思ったのだろう。次第に語尾が小さくなっていくレヴィナスにカノンは慌てて首を振った。

「違うの、すごく嬉しいわ。けれど、驚いてしまって！」

小箱をそっと胸に抱いて微笑む。どうせ今年も誰からも祝われずに過ごすとばかり思っていたので。レヴィナスは数秒カノンを見つめていたが、ややあって、決まり悪げに視線を逸らした。

「姉上は、普段からそんな風に、笑っていらしたらいいと思いますよ」

「そうね？　笑っていれば辛気臭いなんて父上に怒られずに済むかしら？　顔の筋肉が疲れそうだけど」

両人差し指で口角を上げて笑みの形にすると、レヴィナスは小さく吹き出した。

「でも、本当にありがとう。誰かに祝ってもらえるなんて、予想もしていなかったもの。大切に使うわね」

「どういたしまして……ではなく、いいんですか。さっきのあれは。あんなの――」

あんまりでしょう、と。レヴィナスは力なく口にした。

普段あまり感情を表に出さない義弟にしては珍しく憤慨している。

どうやら先ほどの婚約破棄騒動は義弟にとっても寝耳に水だったらしい。

「二人の間の甘い雰囲気に気づかないほど鈍感じゃないし、いつかこうなるだろうと思っていたわ。オスカーとシャーロットはお似合いだもの、祝福するわ。本心から」

レヴィナスは意外そうに姉の顔を眺めた。

「僕はてっきり……カノン義姉上は侯爵夫人になりたいのだと思っていました」

カノンは苦笑した。確かに、そういうことに躍起になっていた時期もあった。

「昔の話よ。それに、こうなるという台本を知っていたの。仕方ないわ――」

「台本？」

訝《いぶか》しがるレヴィナスにカノンは肩を竦めた。

「物の喩《たと》えだから気にしないで。父にとっても妹にとっても、私はそういう扱いをして構わない存在だ、ということが身に沁《し》みたわ。この数年間、……努力はしたわ。――彼らと家族になろうとした。愛してもみたし、親切にもしてみた。理想の娘になろうと猫も被《かぶ》ってみた。だけど、ぜんぶ無駄だったみたい。から回ってばっかりだし、我慢も努力も今日で賞味期限切れ。忘れて、違う舞台で生きることにするの」

レヴィナスはしばらく言葉を失っていたがややあって、そうですか、と息を吐いた。

「オスカーのことまですんなり諦めるなんて。義姉上がそんなに欲がない方だったとは思いませんでしたね」

「私がどんな人間か、貴方《あなた》が知る時間はあった？」

義弟と距離を取ると、少年は肩を竦めた。

父伯爵は、レヴィナスをカノンと近づけたがらなかった。年に数回会うだけの関係だったし、親交を深めようもなかった。数秒見つめあった二人は、お互いに苦笑する。

「余計なことを言うのはやめます。助力ができるわけでもないし、僕は何か言っていい立場ではない」

「――お祝いをありがとう。おかげで最悪の誕生日にはならなかったわ」

「……ならよかったです。――どうか、いい夢を」

背中を見送りながらカノンはため息を廊下に落とした。義弟ともう少し友好関係を築いていたら、この家での自分の身の振り方も違っていただろうかと思って首を振る。

考えても、仕方がない。

部屋に戻り自分で夜着に着替えて寛《くつろ》いでいると、控えめに扉がノックされ意気消沈《いきしょうちん》した侍女が「お嬢様にお手紙です」と項垂《うなだ》れながら、入ってきた。

使用人達の間にも、今し方カノンが伯爵に何を言われたのか広まっているのだろう。

善良な侍女に苦笑して、彼女が持ってきた手紙を受け取り、――手紙の裏、蜜蝋《みつろう》を確認して小さく頷く。薔薇《ばら》の紋章を使うことができるのは、皇族の女性だけ。

高貴な女性から、カノンへの手紙だ。実を言えば今日の誕生日、何か贈り物をもらえるとするならば――望んでいたのはこれだった。

手紙を読み終え、安堵《あんど》の息を漏らす。侍女がそっとカノンを窺《うかが》った。ここまで明らかに嬉しそうな彼女が珍しいからだろう。

どういう内容ですか、と視線で尋ねる侍女にカノンはニッコリと微笑んだ。

「皇宮のいと高き方から――採用通知をいただいたの」

★第一章　皇都へ

「見えてきた。皇都だわ！」

天空の宮、と呼ばれる建物を仰いでカノンは歓声をあげた。

トゥーラン皇国の首都ルメクは皇国の中央に位置する都市だ。

都市の東端には岩山があり、その岩山の上に建てられた仰々しい建物が、民衆を見下ろし監視する皇帝の居所であり、通称『天空の宮』という。

皇都に来るのは母が病に臥《ふ》せる前のことだからざっと十年ぶりの訪問になる。

一般人が天空の宮の門を叩《たた》くには数時間かけて長い坂を上る必要があり、体力的にも敷居が高い。貴族達が城下から城へ向かう場合は自分の敷地からドラゴンや羽の生えた狼《おおかみ》――魔獣を利用するが、利用許可証を持った貴族や富裕層であれば、ルメクの街に設立された「駅」でも魔獣を借りることができる。

誕生日が過ぎた翌日、カノンは父伯爵に「皇都で働くことになった」と一方的に宣言した。

皇帝の祖母――つまりは亡き母イレーネの後見人だった皇太后《こうたいごう》から、皇都の図書館で働いてもよいと採用通知が届いたのだ。

高貴な人の印が押された公式文書に、伯爵は目を剥《む》いた。

「いつの間に……そのような……勝手なことを！」

怒りで声を詰まらせた父をカノンは無感動に眺めた。いつの間に、というけれど……伯爵がカノンに一切の注意を払っていなかったのだから、これは彼の落ち度だ。味方のいない物知らずの長女が監視の目のないのをいいことに好き勝手皇宮と連絡を取っている、とは思いもよらなかったのだろう。

――だが生憎《あいにく》と、カノンはただの十八歳ではない。

遠い昔に社会で働いていたときの記憶と経験がある。……まあ、この世界ではないが。

カノンは父に向かって淡々と続けた。

「成人したのに行く先の決まらぬ娘がいては外聞が悪いのではないですか？　伯爵家の負担にならぬよう、自分で行く先を決めました」

カノンが平然と言い放つと、伯爵は目を吊《つ》り上げた。

「貴族の娘が……伯爵家の長女が働くなどとはしたない！」

伯爵の計画では、カノンを国教会の修行施設にでも追い払うつもりだったのだろう。そうなったら伯爵家からの寄付と引き換えにカノンは一生軟禁生活になりかねない。

「私は皇宮勤めなど許さんぞ」

冗談ではない。

「わかりました。では父上が皇太后様にお断りのお手紙を書いてください」

カノンが詰め寄ると伯爵は押し黙った。皇太后の耳にもカノンとオスカーの婚約破棄とシャーロットとオスカーの婚約は耳に入っているはずだ。なにせディアドラ侯爵の婚姻だ。

伯爵以上の上位貴族の婚姻には皇宮の許可が必要になるから、皇太后と関係のある長女を父が退けて、妹を優遇したのは明らかだ。そのうえ、カノン本人の意向を無視して国教会に追放した、とあればさすがに皇太后の不興を買う。

長女カノンの要望と、溺愛《できあい》する次女シャーロットの幸福を天秤《てんびん》にかけた父は拳《こぶし》を握りしめて、不快を吐き出した。

「勝手にするがいい。しかし、何かあっても……私は援助するつもりはないぞ」

「そうですか。……お許しをいただいてありがとうございます、父上」

後で成人の贈り物がある、などと言っていたが伯爵は結局叱責《しっせき》以外の何もカノンには渡さなかった。父に冷たく突き放されてから、準備を始め——、ようやく伯爵家を出立できたのは一ヶ月後の今日である。

伯爵領パージルから皇都までは二日の行程。

用事がある、と大学から帰省していたレヴィナスが「どうせ自分も大学まで帰りますからついで、ですよ」と一緒に来てくれたので道中はずいぶんと安心だった。

カノンの荷物はとりあえず、大きな鞄《かばん》一つ。

その他《ほか》の私物は部屋に置いてきた。どうせ捨てられても構わないものばかりだ。

心残りは図書室に置いたままにしてきた亡き母が嫁ぐ際に伯爵家に持ち込んだ大量の本だが、これは高価だからケチな父は無碍《むげ》に扱わないという確信がある。

折を見てレヴィナスに送ってもらうことにした。

皇都の駅までカノンに付き添ってくれたレヴィナスはその少年っぽい容姿に似合わず、すべての手配に手慣れていた。

「色々とありがとう。レヴィ。貴方《あなた》がたまたま帰省してくれていて、助かったわ」

義弟に微笑《ほほえ》むと彼は肩を竦《すく》めた。

「――ついでというのは嘘《うそ》ですよ、義姉上」

え？　と顔を上げると座りましょう、と駅舎のベンチに腰かけたのでカノンもそれに倣《なら》う。

「義姉上の侍女に、伯爵家で何か動きがあったら教えてくれ、と頼んでいたんです。それで義姉上が皇宮に行くと聞いたから」

わざわざ帰省して、カノンが無事に皇都に到着できるよう気を配っていてくれたらしい。

「……気にかけてくれてありがとう。優しいのね」

驚くと、言葉少なになってしまう。レヴィナスは悪戯《いたずら》っぽく笑った。

「下心からですよ。義姉上は皇宮で出世するかもしれないでしょう？　皇太后様に伯爵家の悪口を言うとき、僕は除外してくださいね」

「そうするわ」

カノンが吹き出すと、レヴィナスは目を細めた。

「以前も言いましたが、伯爵のなさりようはあんまりです。たいしたことはできませんが、できる限りのおせっかいはします。……しかし義姉上。どうして図書館に勤務するのですか？　どうせなら皇太后様のお側《そば》に仕えたらよかったのに」

言いながら、レヴィナスが首を捻《ひね》る。

「義姉上の母君は皇太后様の養い子だったのでしょう？　皇太后様の侍女として皇宮に出仕すればよかったのに。万が一皇帝陛下のお目にでも留まったら冗談ではなく出世しますよ」

カノンはぴし、と固まった。

皇帝陛下は二十代半ばのまさに結婚適齢期。

しかも色々と事情があるらしく婚約者はいない。確かに、たとえ正妃に望まれなくても寵《ちょう》を受ければ爵位がもらえる。我こそはと野心に燃える貴族令嬢も多いと聞く。

「義姉上の母君は傍系とはいえ皇族でいらっしゃったんだし――案外望めば」

「ない！　ないわ！　冗談じゃ……、じゃない、恐れ多いわよ」

カノンはレヴィナスの台詞《セリフ》を遮った。

ゲームの設定を思い出して震え上がる。

皇帝、というのはカノンの中で地雷ワードに近い。

ゲーム内のカノン・エッカルトは親戚《しんせき》筋ということで皇宮にも厚かましく出入りし、皇帝に仕えていた。生憎と皇帝とは主従関係でそこに愛だの恋だのという甘い感情は存在していなかったが、カノン・エッカルト自身は皇帝に心酔していた。皇帝と出会った瞬間にゲームの強制力が復活して地べたに這《は》いつくばって「陛下！　どうか私めを利用してポイ捨てしてください！」と言わない自信がない。

現在のカノンは全く彼に興味も面識もないが、ゲームの強制力があったらどうしようと不安なのである。

「欲がないんですね」

レヴィナスが勘違いして感心してくれている。

「……華やかな場所が、苦手なだけよ」

カノンは思いきり眉間《みけん》に皺《しわ》を寄せて低い声で呻く。

皇帝の容姿は記憶の彼方《かなた》で覚えていないが艶《つや》を消した不思議な銀色の髪と赤い目をした青年だったはず。皇族特有の炎のような瞳《ひとみ》だ、とヒロインはうっとりしていたが、血の色だとも評されている。

両親を早くに亡くした彼は幼少期より皇太子として厳格な祖父母に養育され、祖父の死後わずか十五歳で皇帝となった。

後見人の叔父《おじ》を十八歳で幽閉し、以後絶大な魔力と彼を信奉する竜騎士団からの圧倒的な熱狂を支持母体にして皇国の支配を盤石にしている。

「皇帝陛下は苛烈《かれつ》で、気難しい方だと聞くし——できたら遠くで拝むだけにしておきたいわ。レヴィは拝謁したことは？」

皇都の大学に通うレヴィナスなら知っているかもしれない。

「大学にはたまにお越しになるようですが、僕も遠目でご尊顔を拝し——という程度ですよ。穏やかな方ではないですが、賢君であらせられる。この国は幸福です」

そうなんだ、とカノンはあくまで他人事《ひとごと》として頷《うなず》いた。

「皇宮で皇太后様や他のご令嬢と友好関係を築くより、図書館で働きたいの。皇都の図書館は読んだことのない本や魔術書がたくさんあるし、読み解くのが楽しみよ」

どんな素材で作られた希書があるか想像するだけで胸がときめく。

レヴィナスは苦笑し、懐中時計を見た。

「そろそろ時間のようですね」

義弟が呟《つぶや》くと、ちょうど駅の職員がベンチの側まで来て「お嬢様、お迎えが……」とにっこり微笑んだ。初めての駅の利用には紹介状が必要だが、カノンの場合その裏書は皇太后の側近だ。賓客の扱いらしく二人は一般の駅舎ではなく、奥にある貴族用の豪華な駅舎に通された。

革張りのソファに南国の絨毯《じゅうたん》という、さながら王侯貴族の私室のような貴賓室のソファには、真っ白なふわふわとした猫が寝そべって待っていた。

二人はきょろきょろとあたりを見渡す。皇宮から魔獣が迎えに来たと聞いたのだが……。

「あの、魔獣はどこに……？」

カノンが駅員に尋ねると、ソファから可愛《かわい》らしい声が聞こえた。

「ここだよお、カノン。僕が魔獣なの！」

にゃあん、とソファの上の猫が、一声鳴いた。

白いホワホワとしたしっぽが、カノンを認めてぱたぱたと左右に揺れる。

「可愛い……貴方が、魔獣？」

カノンが近づいていいかと尋ねると駅員はもちろんです、と感じよく微笑む。

「僕の背中に乗ったらいいよ、カノン。皇太后様のお城まで案内してあげる」

魔獣は言葉を操る。子供のような声に言われてカノンはこの小さな背中のどこに乗るんだろう、と戸惑いつつも頷いた、——カノンの疑問を見透かしたかのように魔獣は「心配ないよー」と胸を張る。ぽん、っと弾《はじ》けるような音がして猫は一瞬かき消え、つぎの瞬間には馬ほどはありそうな大きな姿に変化していた。いや、こちらが本来の大きさなのか。

レヴィナスがおお、と感嘆の声をあげた。

「魔獣は体の大きさも変えられるんですね。初めて見ました」

カノンも頷く。魔獣が生息するのは主に皇都か国教会の施設だ。こんなに近くで見るのは初めて、と感動しつつ魔猫《まびょう》に近づく。

「——ありがとう、ええと」

「僕はジェジェ」

「はじめまして、ジェジェ。私はカノン・エッカルトよ」

ジェジェはしっぽをブンブンと振った。

「やだなあ、カノン。僕達ははじめまして、じゃないよ、僕はカノンを知っているよ。ちっちゃい頃《ころ》、皇太后様のおうちで会ったじゃない？」

カノンは目を丸くした。母イレーネに連れられて皇宮に行ったことはあるが幼い頃の記憶で覚えていない。ジェジェはひどいなあと言いながらも、機嫌よさげにしっぽを振った。

「こちらは皇太后様の魔猫です。お嬢様を王宮までお連れいたします。乗り方はおわかりになりますか？　初めてでしょう？」

「ええ、初めて。説明をお願いします――」

職員に答えながら、カノンは既視感に感嘆の息を吐いた。

「――本当に、首都も、駅舎も、私の記憶のままね」

記憶というよりゲームの中だが。

皇都ルメクの中心に位置する天空の宮。白い岩山の上に存在する豪奢《ごうしゃ》な城。

城へ向かう人々が集う、「駅」。駅にも配置されたドラゴンや魔獣といった不思議な生き物。

なにより魔猫に乗って城へ向かうシチュエーション！

なんだか楽しい、と浮き立っていると、背後から会話が聞こえてきた。

誰だろう、とカノンとジェジェが同じ動きで扉を向く。フードを被《かぶ》った背の高い男と、護衛らしき男が立っていた。二人とも帯刀しているから騎士階級なのかもしれない。

「――魔猫がいるならちょうどいい、使わせてもらおうか」

「いえ、旦那《だんな》様。どうやら先約が――」

二人の男性がカノンに気づいて動きを止める。

フードを被った背の高い男が、カノンにまっすぐに視線をやって、そのまま留《とど》めた。

ジェジェはのんびり欠伸《あくび》をするとフードの男をチラリと見て、フイ、と首を振った。

「僕は予約済でーす。どこの誰《だれ》だか知らないけど、乗るならよそを当たってくれますかあ？」

魔猫の生意気な物言いに駅員がぎょっとし、カノンも目を丸くした。

騎士相手にそんな口をきいてもいいものなのだろうか？　それとも、皇太后の魔獣だから許されるのだろうか。

「……この野良猫が」

フードを被った男は低い声でチッと鋭く舌打ちし、カノンを通り越してジェジェを睨《にら》んだが、それ以上は何も言わなかった。

いい声ね、とカノンが妙な感心をしていると、騎士と一瞬視線が絡んだ。

誰何《すいか》されそうな視線に困惑しつつ、目礼する。

もう一人の男は、困ったなと時計を見て息をつくと駅員に質問する。

「近衛《このえ》騎士団のものだ。この魔猫以外に魔獣はいるか？」

「あと半時もすれば戻ってくると思いますが……」

「いや、急ぎなのだ。皇宮にすぐに帰りたいのだが——転移門は使えないのか」

「いま、術師が出払っておりまして……」

どうやらこの人達は——近衛騎士の二人は皇宮に戻らねばならない事情があるらしい。

カノンはもふもふとした魔猫の頭を撫《な》でた。

「ジェジェ、私はここで待っているからあの方々を乗せてあげたら？」

「えぇー……、女の子を待たせるとか、僕のポリシーに反しちゃうな」

魔猫は嫌そうにフードの男を見た。隣の眼鏡《めがね》の騎士が縋《すが》るような視線でカノンとジェジェを見た。どうやらフードの男が上司で、側に控える眼鏡の騎士が部下のようだ。

「——騒がしくして申し訳ありません。私は近衛騎士団第三部隊所属のシュートと申します。お嬢様は……」

「カノン・エッカルトと申します。シュート様」

「エッカルト嬢。大変申し訳ないが、ジェジェを……ジェジェ様、を」

呼び捨てにした瞬間、シャー！　とジェジェが威嚇《いかく》したのでシュートはわずかに頬《ほお》を引きつらせながら言い直した。

「我らに貸していただけませんか。お礼は必ず」

カノンは頷いた。

「急ぐ行程ではないので私は構いませんが、ジェジェがいいなら……」

ジェジェはぷいっと横を向いた。

「やだあ……往復したくないもーん」

どうやらこの魔猫はちょっぴりわがままらしい。

駅員が途方に暮れているのを見て、カノンはジェジェに提案した。

「じゃあ、三人一緒に乗せてもらえないかしら、ジェジェ」

「ええ！　三人なんか無理だよ。僕がつぶれちゃう！　二人が限界！」

三人乗れるくらいたっぷり大きい魔猫は駄々をこねた――しかし、フードを被った男が盛大に舌打ちして目を細める。

「二人ならいいわけだな？」

げ。とジェジェが可愛い前脚で口元を覆った。失言に気づいたらしい。

ちらりと何の感情も籠《こも》らない目に一瞥《いちべつ》され、カノンはちょっと気後《きおく》れした。さすがに騎士というべきか、眼光が鋭い。

「ご令嬢は魔獣に騎乗するのは初めてだとか。一人で騎乗は心もとない。私が随行しよう――シュート。お前はあとで来い。遅れても構わない」

「御意」

——どうやらこの男と同乗して皇宮へ向かうことになるらしい。

ジェジェはぶるっと身体を震わせて立ち上がった。

「あー、失言しちゃった。ハイハイ乗ってイイですよ～。早くして」

駅員がよろしいですか？　と心配そうにカノンを見る。カノンは頷いた。

騎士二人をじっと観察していたレヴィナスに近づき、別れを惜しむ。

「色々とありがとう、レヴィ。またね」

「義姉上も息災で。——手紙を書きますよ」

カノンは騎士達を向き直った。

「騎士団の方に同行していただけるなら心強いです。——一人だと落ちるかもしれないし」

フードの男は身をかがめたジェジェに騎乗するとカノンに向かって手を差し出した。

剣を握るからか男の手は大きく、硬く——氷を思わせるようにヒヤリと冷たい。

変温動物っぽい人だなと思いながら促されるままに彼の前に騎乗する、じゃあ、飛ぶよ、と
ジェジェが言い、二人と一匹はふわりと空に舞い上がった。

「絶景だわ……！」

高度が上がるにつれて、ルメクの全貌《ぜんぼう》が視界に飛び込んでくる。

カノンは興味津々《きょうみしんしん》で見下ろした。

白い岩山に太陽の陽《ひ》が当たり、反射した光がまっすぐに城下を南北に貫く大通りを照らし、

上空からは道が七色に染められているのがわかる。

美しい光景にカノンは目を細めた。空耳でオープニングの音楽が聞こえてきそうだ。

（まったくばかげた話だけど、ここって本当に――ゲームの世界と同じなのね）

カノンは心の中でぼやく。

記憶を取り戻してから、トゥーランの国とは明らかに違う国で「カイシャイン」として暮らす自分の夢を繰り返し、繰り返し見た。

「彼女」が持つ小さな箱に映し出される「ゲーム」で繰り広げられる物語の世界が自分の暮らす世界と似ていて……。

本好きな母親に似て自分は夢想家が過ぎるのではないかとしばらく思い悩んでいたが、ただの妄想で片付けるにはあまりに「カイシャイン」時代の記憶は鮮明で、しかも自分の置かれた状況と重なることが多すぎだ。

カノンが遊んでいたのは「虹色《にじ》プリンセス」というふざけた名前のゲームで、攻略対象は七人、それぞれが七つの大罪になぞらえた「傷」を持っている。その傷をシャーロットや他にもう一人いる「ヒロイン」達が癒《いや》さないと家や国（！）が滅ぶというなんとも物騒な仕様だ。しかも、攻略対象のうち二人は十二歳のカノンの側にすでにいた。婚約者の「傲慢」なオスカーと、義弟の「嫉妬」するレヴィナスの二人だ。

それ以外にも出会ってはいないが「憤怒」の業を背負った皇帝、「怠惰」の属性持ちである大公も存在だけは知っていた。

残りの強欲、色欲、暴食のキャラはストーリー後半にならないと出てこないキャラで……こちらは現在どこにいるかは知らないが、できれば一生会わずにいられたらな、と思っている。

とまあ、他の五人がどういうキャラクターだったかは、自分の上司だった皇帝を含めぼんやりとしか覚えていないが。どちらにしろ攻略対象とは距離を置くのが賢明だ。

なにせ、婚約破棄に怒り、皇帝の手先になったカノンは悪役で当て馬なのである。

怒りのままに異母妹シャーロットを邪魔しては返り討ちにされていた。

オスカールートを邪魔する場合は「カノン、絶対オスカーに殺されて庭に埋められたな」なんて描写もあったのだから。

おかげでこの数年、オスカーの前では綱渡りをするような心地で過ごしていたカノンは遠い目をする。

そもそも、ヒロインのシャーロットもおかしくないだろうか。いかに姉が邪魔な存在だったからと言って、姉を庭に埋めるような男と幸せになろうだなんて普通の神経なら思わない。

平穏に人生を送りたい一心から、シャーロットと敵対しないように父に疎《うと》まれないように過ごしてきたけれど、結局は家からも追い出されて、オスカーもシャーロットを選んでしまった。

恐るべし、ゲームの強制力……といったところか。

それとも「埋められ」なかっただけでもよしとするべきなのだろうか。

「虹色プリンセスだなんて、……可愛いタイトルでごまかされているけど、攻略対象が大罪持ちだなんて危険すぎる」

一体どういう意図であんな物騒なゲームを作ったのか。

そこまで考えてカノンは首を振った。やめよう、もう考えても仕方がない。

攻略対象とも妹とも離れたし、父親とも多分、縁が切れた。

色々と無言で考え込んでいると、不意に耳元で低い声が聞こえた。

「魔獣に乗るのが初めてな割には、怯《おび》えていないな？」

カノンの背後で沈黙していた騎士が問う。話しかけたというより、独《ひと》り言の感想のようだ。

カノンは微笑みながら振り返る。

「見晴らしがよくて、素晴らしいです。毎日でも乗りたいくら――いっ」

「前を向け。危ない」

頬を片手で掴《つか》まれ、顔をグイっと前へ向けられて、グキっと首から妙な音がした。

イッタい！　とカノンは目を剥いて抗議しようとしたが、騎士の低い声で反論は遮られた。

「この高さから落ちたら死ぬぞ。初心者は調子に乗らないことだ」

「……ご忠告、ありがとう、ございます……」

貴族令嬢に何たる扱いだろうか。

無礼な男だわ、と一瞬腹が立ったが、確かに空の上ではしゃぐのは危ないと思い直し、首を押さえつつ冷静に……礼を言う。

「痛みとともに、覚えておきます」

「わかればいい。――それで？　皇太后様の魔猫に騎乗しているということは、ご令嬢は新しい侍女として皇宮に出仕するのか」

カノンは首を傾《かし》げた。侍女？　確かに、そういう提案を皇太后はしてくれたが……カノンの望むことではなかったので、丁重に断っている。

「……いいえ。皇太后様の許しを得て、今後は図書館に勤務します。……予定ですが」

へえ、と男の声に初めて感情が宿った。

「図書館で？」

「はい。本が好きなので」

「皇太后は――ここ最近、数人の侍女を迎えた。令嬢もその一人かと思ったが。違うのか」

「それは……知りませんでした。皇太后様の近辺は人の入れ替わりが多いのですか？」

手紙で窺《うかが》い知れる皇太后の人となりは「清廉潔白《せいれんけっぱく》で優しい人」なのだが、ひょっとして職場はブラック企業なのだろうか。

騎士はカノンの疑問に、いや、と否定した。

「皇帝……陛下、の身辺に女性がおられないのを心配なさっているのだろう。皇太后様の居城には皇帝陛下もよく訪問するから、ご令嬢達は必然的に皇帝の目に留まる」

「ははあ……、なるほど。それで、若い女性を……集めて」

そういえばレヴィナスもカノンに「どうせなら陛下のお目に留まるように侍女になれば」と言っていた。行儀見習いの女性達を皇帝が見初めれば、孫の行く末を心配する皇太后にとっては万々歳なのだろう。

「皇帝陛下にふさわしい、良い方がいらっしゃるといいですね」

「……他人事だな、ご令嬢。皇帝陛下には、興味がないと？」

揶揄《からか》うような口調に、カノンはちょっと沈黙した。

カノン達を乗せていたジェジェが口を挟んだ。

「俺《おれ》はなーい、あんな横暴な野郎、全然魅力を感じなーい」と大きな声で言う。カノンはそんなこと言ったらだめよ、とモフモフした首筋をぽんぽんと叩く。魔猫の物言いに男はチッと盛大に舌打ちした。

「野良猫が」

そうか、背後の無礼な男は近衛騎士なのだ。

主君である皇帝に対してあまりに興味がない態度をしたら不快を感じてもおかしくない。

「興味がないなどとそんな無礼なことは思いません。臣下として陛下のお幸せと皇国の安寧を、常に祈念しております。……遠くから」

最後に本音を付け加えると、騎士はそれに気づいたらしい。

「は。ずいぶんと迂遠《うえん》な言い方だ」

カノンは首を傾げた。

「向き不向きがありますもの。私は華やかな場所より引き籠っている方が性に合います」

「皇宮よりも本にまみれて過ごすほうがよほど楽しいと思われるのも悲しいものだな」

男がなぜか自嘲《じちょう》気味に笑ったところで皇宮の門が見えてきた。

城へ向かって魔猫が高度を下げていく。白亜の城は想像していたよりもずっと荘厳《そうごん》で大きい。

人々の動く気配も伝わってきてまるで一つの街のようだ。

カノンは賑《にぎ》やかな気配に胸を高鳴らせた。

「本当に美しい城ですね。それに、賑やか。何人くらいの人が働いているんだろう……」

「ざっと三千人くらいだ」

「そんなに？　――私の領地の人数の半分くらいですね……」

パージル領は貧しい土地ではないが、屋敷で働く人数はせいぜい百。

皇宮とは文字通り、けた違いだ。

「皇太后の宮には百人程度の人間が仕えている――あとはそこの猫が案内する……のか？」

「もちろん、任せてよ」

魔獣がピンと尾を立てた。

「ならば、あとはお前に任せる」

軽やかにジェジェから降りた男は魔猫から少し離れてカノンを見上げる——と同時に皇宮の端にある礼拝堂の鐘が鳴った。正午の鐘だ。

「——さて、姫君のおかげで正午に間に合った、礼を言う。任務をさぼって城下で遊んでいたのがばれたら、うるさい奴《やつ》につまらない小言を喰《く》らうところだった」

礼というにはずいぶんと不遜《ふそん》な口調だが、皇宮にたどり着けたおかげでカノンの機嫌はいい。彼を見下ろしながら手を振った。

「私も送っていただいて、助かりました。どうぞ、今後はばれないように上手《じょうず》に息抜きなさってくださいね」

言い終わらないうちにジェジェが地面を蹴《け》ってまた空へ飛び上がる。数瞬のちに眼下の騎士に視線をやれば、男はもう踵《きびす》を返して迷いのない足取りで歩き始めている。

最後まで素っ気ない騎士だった。

「名前を聞き損ねたわ」

顔を見ようとしたときに、無理やり前を向かされたような気がするので、顔も目の色さえも曖昧《あいまい》なままだ。ひょっとしたら名のある家門の貴族で、新参の怪しい人間とは知り合いになりたくなかったのかもしれない。先ほどの「駅」で別れた男は近衛騎士団のシュート、と名乗っていた。その同僚ということは彼も所属は一緒なのだろうが……。

「この城に三千人も働く人がいるなら、もう会えないかもしれないわね」

近衛騎士は何人いるか知らないが、皇宮から離れた図書館で働く予定のカノンは会う機会はないだろう。お礼をじっくり言えずに残念だったなと少しだけ思う。

「あいつのことなんか覚えなくていいよー」

「ジェジェは彼と知り合いなのね？」

「ううん、知らなーい。剣を持ってる奴がみんな嫌いなだけー。じゃあ、皇太后様のお城に急ぐから、しっかり掴まってね！」

それは嘘だろうと思ったが、魔猫はどうやら、騎士が嫌いらしい。

そ？　とカノンは詮索《せんさく》をやめて触り心地のいいそのふさふさとして首筋を撫でた。

気のいい魔猫は足取りも軽く、皇太后ダフィネの居城へと連れていってくれた。


「カノン……！　ああ、カノンね？　よく来たわね」

「――永のご無沙汰《ぶさた》をいたしておりました。皇太后陛下。お目にかかれて光栄です」

皇太后との謁見が叶《かな》ったのは翌日のことだった。到着したその日はダフィネの居城にある客間に宿泊を勧められたのだ。あらかじめ到着日を告げていたものの、彼女は忙しいらしい。広い謁見の間に通されて待つことしばし。彼女は護衛と侍女を一人ずつと、小さいサイズに戻ったジェジェを連れて現れた。

魔猫はやあ、とばかりにしっぽを振ってカノンに挨拶《あいさつ》をする。

夫である先代皇帝が亡くなってから、黒と灰色の喪服しか纏《まと》わなくなったという皇太后は銀と見まがうような美しい白髪を緩やかに結い上げて、気品ある皺と威厳が刻まれた顔を柔和な笑みが彩る。十年前に、母イレーネと共に謁見したときと変わらない、人を包み込むような優しい笑顔にほっとしながらカノンは礼を取った。

「他人行儀な遠慮など不要ですよ。私達は同族ではないの」

「そんな、恐れ多い」

「さ、顔を上げて。まあ、本当に……イレーネによく似た美しい娘に育ったこと！」

威厳ある低い声の主は大きな声でカノンを寿《ことほ》ぐ。先代の皇帝の正妃にして、現皇帝の祖母ダフィネ……彼女が「同族だ」と言ったことで、部屋の中に控えていた侍従長達の空気が微妙に変わるのがカノンにもわかる。皇太后が身内と呼ぶからには、伯爵家から突如皇宮に押しかけた小娘とはいえ無碍に扱ってはならない、と認識を改めたのだろう。

カノンの母イレーネは皇族の傍系の娘だった。皇族と言っても彼女の母の身分は低く、さらには両親が早くに亡くなったことから後見がなく伯爵家に嫁ぐ前は皇太后の庇護《ひご》を受けて養育されていた。侍女と言うよりも、皇太后の「養い子」とみなされていたようだ。

だから母が病で臥《ふ》せったときも皇太后からは医師が派遣されたし、母が亡くなってからは、目通りは叶わぬまでもカノンには季節の変わり目には様子を窺う手紙が届いていた。

だからこそ、皇宮への出仕が叶ったと言っていい。

皇太后は給仕を侍従達に命じると、皇族独特の緋《ひ》色の目を細めた。皇太后ダフィネは先帝の従妹、彼女自身も皇族の出身だ。

懐かしい、母と同じ色の瞳だ。

「……ディアドラ侯爵も、パージル伯爵も情がないことをする。貴女《あなた》がこんな仕打ちを受けると知っていたのであれば、伯爵に遠慮などせず、八年前に引き取ってしまうのだったわ」

カノンは無言で頭を下げた。

成人するにあたって行儀見習いとして皇都に出仕したい。皇立の図書館で……という相談しかしなかったのだが、どうやら皇太后はカノンの「境遇」を知っていたようだ。調べさせたのだろう。

「皇都に来ることも、図書館で働くことも憧《あこが》れでした。私の願いを叶えていただき、ありがとうございます」

カノンは粛《しゅく》々《しゅく》と頭《こうべ》を垂れた。視線を上げた先にある皇太后の表情は硬い。

「長女を追い出して、その婚約者を妹と娶《めあ》わせるなど、伯爵はなんと卑劣な男でしょう……私のイレーネを蔑《ないがし》ろにしただけでなく、その娘まで……」

皇太后の表情に怒りがにじみそうになるのをカノンは慌てて否定した。

母と自分への仕打ちに恨みがないわけではないが、あちらは何せこの世界のヒロインなのだ。

変につついて、何らかの不具合を受けたくない。

「皇太后陛下。婚約破棄は私も了承したことです。ディアドラ侯爵閣下と妹は相思相愛《そうしそうあい》、似合いの二人です。私も皇都に来る口実ができて、むしろ感謝しております」

「侯爵閣下への思慕はなかったのですか？」

「友人として、妹との婚約をお祝い申し上げました」

父からの愛情が得られなかったことに多少心は痛んだものの、オスカーと縁が切れたことには心から安堵《あんど》している。復讐《ふくしゅう》をしたいどころか、これ以上関わりたくないのが本音だ。オスカー達の邪魔をして庭に埋められたくないし。と内心で思っていると、皇太后はいたく感じ入ったようにカノンを見た。

「健気《けなげ》なこと……。貴女がそう言うなら今は私も怒りを収めましょう。ただし、困ったことがあれば今度は事前に私を頼るのですよ？　いいですね」

「ありがたきお言葉です」

真実、ゲームの強制力から逃《のが》れたいだけなのだが、皇太后の目にはカノンがいじましく映ったらしい。その方がありがたいな、と内心苦笑しつつカノンは胸に手を当てて感謝を述べた。

ところで、と皇太后が微笑む。

「図書館で働くのも悪くはないけれど。カノン、私の侍女として仕える気はない？」

――カノンは笑顔で顔を上げて、固まった。上機嫌な皇太后は続ける。

「今、私の宮は華やかなのですよ。貴女と同じ年頃の侍女が何人も行儀見習いに出仕していま す。きっと楽しく過ごせるはず！」

カノンはフードの騎士の言葉を思い出した。

『皇帝陛下の身辺に女性がおられないのを心配なさっているのだろう』

皇太后のお眼鏡にかなうのは喜ばしいが、カノンにとってそれは死刑宣告に等しい。

なにせ、皇帝の手先になって死んだことがあるのだ――もちろん、ゲームの中での話だが。

「お戯れをおっしゃらないでください。華やかな皇宮での暮らしは、私には荷が重すぎます。母の好きだった図書館で静かに過ごすのを、どうか、お許しくださいませ」

深々と頭を下げそのまま上げないでいると、皇太后はどうやらカノンが本気で嫌がっていると気づいたようで、残念ねとため息をつき肩を落とした。

「けれど、月に一度は私の元へ状況を報告においでなさい。それは絶対ですよ」

「お心のままに」

「気が向いたらいつでも侍女に任じますから。――ああ、それと」

皇太后はすぐに気を取り直したように扇子で自らを仰いだ。

「図書館には大きな猫が出ます」

「ね、猫ですか？」

皇太后の隣の椅子に鎮座していたジェジェが、にゃあ、と鳴く。

「ジジェのことではないの。図体ばかり大きくなった猫が図書館で昼寝をしているのです」

「そうそう。僕は忙しいしお利口さんだから、あのバカ猫と違って図書館でさぼったりしないんだよお」

「まあ……大きい猫」

ジジェのような魔猫が図書館にもいるのかもしれない。図書館の書物を荒されるのはちょっとごめん被りたい。きょとんとするカノンに皇太后はホホ、と笑ってみせた。

「噛《か》まれたら、私に相談しに来なさい」

「……はい、承知いたしました」

いまいち要領を得ない会話を最後にカノンは退室を許され、先ほど、皇太后と一緒に部屋に来ていた侍女が部屋まで案内してくれた。

緩くウェーブがかかった黒髪の豊満な体つきの美女はカノンに興味があるらしく、横に並んで歩きながら自己紹介をしてくれた。

「フィンツ子爵令嬢のヘレネよ。よろしく。同僚になり損ねたみたいで残念だけれど」

フィンツ子爵と言えば、西部にあるタミシュ大公国の門下だったはずだ。

爵位で言えば子爵家に過ぎないが、カノンがその名を覚えていたのはフィンツ家が大公閣下の忠臣として名をはせた有名な剣士を輩出した家柄であったからだ。歌物語に詠《よ》まれるような、名家と言っていい。

タミシュ大公国の南方出身らしく、ヘレネの肌色は健康的な小麦色をしている。

綺麗《きれい》なひとだなと思いながらカノンも笑みを返した。

「パージル伯爵令嬢、のカノン・エッカルトです。侍女にはならないけれど――ヘレネ様が私の同僚になるって選択はいかがかしら？　図書館でお待ちしているわ」

軽口を叩くとヘレネは肩を竦めた。

「ヘレネ、でいいわ。魅力的なお誘いと言いたいけれど、本は眠くなるから得意じゃないの！」

「残念ね」

「貴女は変わっているのね。皇太后様のお側にいたら、陛下にお目通りも叶うのに。興味がないの？」

「皇帝陛下……」

ヘレネはうっとりと目を細めた。

「遠目で見るだけでも、陛下は素敵な方よ」

――興味がないどころか、避けたい。

姿も美しく賢君と名高い若き皇帝。何の因縁もないならカノンも騒いで楽しむところだが、出会えばろくなことにならなさそうで危惧《きぐ》しているのだ。

「恐れ多いわ。それに皇太后様の侍女は、貴女みたいな綺麗なひとばかりなのでしょう？　新参者が入ったら、虐《いじ》められそう」

肩を竦めるとヘレネはくすくすと口元に指を当てた。

「そう！　新人を虐めようと思って、実は今日はひとまず偵察に来たの！　――その甲斐《かい》がなくて残念よ……私みたいな最初から皇帝陛下の目に留まりようもない家の者はいいけど、何人かのお嬢様は、――ばちばちよ」

「ばちばち！」

「そのうち発火するんじゃないか、と怖いくらいよ！　外から見ている分には楽しいけどね」

未来の皇妃の争いは熾烈《しれつ》らしい。関わらない選択をして正解だったなとカノンは胸を撫で下ろした。ヘレネが会話を終えたところで部屋に到着した。

「送ってくれてありがとう、ヘレネ」

礼を言うとヘレネがどういたしましてと微笑み、南国の果実の香りがふわりと漂う。

健康的な美貌《びぼう》の彼女に実に合う香りだった。

「やっぱり図書館、行こうかな。貴女みたいな話しやすい子を皇宮で見つけるのって実は難しいの。遊びに行ってもいい？」

「もちろんよ――」

では、とヘレネは淑女然とした礼を一つ残して戻っていった。

皇太后は多分、幾人もの侍女の中から、カノンと気が合いそうな娘を選んで連れてきてくれたのだろう。カノンが侍女になると承諾した際、ヘレネと友誼《ゆうぎ》を結べるように。

気遣いをありがたく感じながら心の中で頭を下げる。昔、イレーネと皇宮に来た時も、皇太后は優しく出迎えてくれた。イレーネは幼いカノンを連れて皇宮の美しい庭を散策し、ベンチに座って本を読んでくれた……。

（カノン――寂しかったら本を読むのよ。貴女を素敵な場所へ連れていってくれるから）

優しい声が耳に甦《よみがえ》るのを、目を閉じて懐かしむ。

あのベンチは、まだあるだろうか。と思いながら窓辺に寄って美しい皇宮を眺める。

「お母様は伯爵家で寂しかったのかしら」

感傷的な思いを首を振って振り払い、カノンは再び美しい光景に心を躍らせた。暗いことは考えないようにしよう。

カノンはこの皇都で平和に、ひっそりと、司書として暮らすのだから……。

★第二章　皇立図書館

『親愛なる弟へ』

皇都に来てから何通目かの手紙の書きだしは慣れない文言から始まる。

カノンから、レヴィナスへの手紙だ。カノンが皇立図書館で「働き」始めて瞬く間に一か月が経《た》ち、その間、大学に通う義弟との書簡は驚くべきことに、三往復もしていた。

『大学の授業が楽しそうで安心しました』

カノンは軽快にペンを走らせる。

レヴィナスからもらった手紙に書いてある大学の授業の話は興味深い。それに律儀に返信しつつ、カノンは己の近況も書き記した。

『私は皇太后様から正式に任じられて、皇宮図書館に勤め始めました。皇宮の中……皇太后様の離宮に部屋を準備してそこから通えばいい、と提案いただいたのだけど、それはお断りしました。離宮には若いご令嬢……しかも高位貴族のご令嬢が何人もいて、華やかでちょっと落ち着かない気分だし……。図書館にしても皇宮から通う新人というのは扱いづらいのじゃないかしら？　ということで、私は図書館の敷地内にある、職員宿舎に部屋を戴《いただ》いています』

ペンを走らせる手を止めて、カノンは改めて自室を見渡した。

元は館長が住んでいたという館長宿舎が図書館の敷地内にはある。

現在の館長は皇都の屋敷から通っているので館長宿舎の一室を与えられていた。

白く美しい壁に羊毛と絹の混じった柔らかな絨毯《じゅうたん》。羽毛の布団に、望めばいつでも魔力で灯《とも》る灯《あか》り。おかげで夜更かししての読書が実にはかどる。

専属の侍女こそいないものの、宿舎に勤める十数人の下女や使用人達がカノンとあと数人いる住み込みの職員達の世話をしてくれる。

『伯爵家よりも快適かもしれません。——予想通り、図書館の利用者が少ないのが悩みです。大学が休みの日には来てください。あなたの勉学に役に立つ書もたくさんあると思うから』

レヴィナスの専門は歴史学だ。

なにか読みたいものがあればリクエストに応《こた》えられるようリストを確認しておこう、とカノンはペンを置いた。

手紙を書くのにはレヴィナスが誕生日にくれたガラスペンを使っている。安物ですよ、と言い添えて義弟がくれたガラスペンは簡素な意匠だが書き心地がよく、気に入っている。

「——レヴィの誕生日には、お返しに何か贈らなきゃ」

彼は確か春の生まれだったはずだ。春まではまだ二月ほど。

しかし春になる前にカノンには給金が払われるから、些《いささ》かのたくわえができているはずだ。

「自分の自由にしていいお金があるなんて夢みたいよ」

カノンは窓の側《そば》によって図書館の庭を眺めた。木々は雪を被《かぶ》っている。

皇宮に来て一か月と半ばかり。

つい先日、建国の宴《うたげ》があったその余韻《よいん》もまだ色濃い。

祝賀は皇宮で盛大に行われたようだが、カノンは部屋の窓から遠くで打ち上がった十発の大輪の花火を見ながら官舎で一人、過ごした。

花火の数は皇帝の治世の年数らしいと聞いて、まだ若い皇帝の意外に長い治世を思う。若いのに、賢君——ゲームの中では暴君なイメージの方が強かったが、この世界の彼にはそういう側面はないのだろうか。

関わる予定はないが、雇用企業のトップが安定しているのは良いことだわ、とカノンは腕を組んで頷《うなず》いた。

「カノンも気が向いたら離宮にいらっしゃい」

皇太后は使者をよこしてくれたのだが、カノンは誘いを丁重に辞退した。

私物はほとんど実家に置いてきたし、着ていくドレスもなければエスコートしてくれる男性の当てもない。——もちろん、実家に帰るという選択肢はなかった。

図書館に到着した連絡は父には手紙でしたのだが、今に至るまで反応はなく、まあ、それは予想通り。父親の放置に傷つくには、粗末に扱われるのに慣れてしまった。

少なくとも今は起きてから眠るまで暖かい環境で過ごすことができる、――暖炉にくべる薪《まき》の残量に悩まなければならなかった伯爵家にいるよりも、ずっと快適だった。

「だけど……仕事は……」

朝食をとって職場に足を踏み入れて、カノンはため息をついた。

皇都の図書館は首都ルメクの東区にある。

二棟からなり、門から近い第一棟は首都に住まう「首都戸籍」を持つ平民身分にも開放されている。敷地内にもうけられた城壁と門に隔てられた区画には図書館の第二棟があり、そちらは貴族身分しか出入りを許されていない。

「図書館は、土地の事情及び一般公衆の希望に沿い、更に学校教育を援助し、及び家庭教育の向上に資することとなるように留意せしむべし――」

カノンは職場である第一棟を見回りながら呟《つぶや》いた。

第一棟が広く一般に開放されている――という公的なアナウンスに反して、ルメクの図書館は閉鎖的だ。平民に開放されている――という部分も怪しい。

二世代以上前から首都に住んでいるいわば特権階級、富裕層にしか利用は許可されていない。

「トゥーラン自体、身分制度が閉鎖的なんだわ。仕方ないか、皇帝のいる国なんだもの」

富裕層にとって本は買うものだという認識だろうし、図書館はごく一部の文官を除いて利用しない。必要なのに経済状況のせいで教育を受けられない真の意味での「平民層」が皇立図書館を利用できないのは本当に惜しいことだ。

図書館の職員にしても、仕事に対してはひどく無気力だ。

職場の環境自体は素晴らしいのだ。

何せ、本、本、本があるのだ！　両手で抱えきれないくらい。

そして、おそらく一生かかっても読み切れないくらいの本がすでに、ここにはある！

希少本だって山とある。

三百年以上前につくられた、おそらくトゥーラン初の活版印刷の聖書が完本で無造作に陳列されているのを発見したときはその場で卒倒しそうになった。

これだけ価値があるものが読むことができる人々からは大切にされず、見向きもされない。そしておそらく真に必要とされている人々の手には渡らない。第一図書館の蔵書はざっと本棚の数から推察するだけで五万冊はありそうなのに。もったいないことだった。

平民が基礎教養を上げることは長い目で見れば国力の増強に繫《つな》がる。

皇帝の治世が万全な今、国の福祉に目を向けてもいいだろうから、こういう場所はもっと門戸を広く開くべきだ、とカノンは思うのだが。

「けれど、平民が賢くなるのは貴族にとっては望ましくないことかもしれない」

知識と教育の差は巡りめぐって貧富の差に帰結する。階級社会の枠組みを壊したくない、と富を独占したい層からすれば危険思想になりかねないから、カノンは声高に門戸開放を！

などと声をあげたりはしない。今はまだ。

「それに、こんなに雑然とした本の区分けじゃ、門戸を開放したとしても、利用がしづらいでしょうね」

カノンの知識では蔵書はおおむね十種に分類するのが常識だったが、トゥーランが採用しているのは六進分類法らしい。

つまりは、理学（哲学）、政治、技術、文学、歴史、雑書（その他）に分類されている。

しかも雑書に分類されている本が多い……。たぶん、何の本なのか、の知識が職員になく、適当にラベリングされてそのままになっているに違いない。

「――利用者の制限云々《うんぬん》より、この図書館の状況をなんとかしなくちゃ。利用者を増やす取り組みは、それからよ」

カノンは腕組みして呻《うめ》いた。

「エッカルト嬢」

「図書館長」

第一棟の見取り図を片手に蔵書をチェックしていたカノンにのんびりと近づいてきたのは、五十手前の女性だった。

ゾーイ子爵夫人、図書館第一棟の館長である。

「お忙しそうですけれど、何をなさっているのかしら？」

「これだけの蔵書を拝見するのが初めてなので、観察しておりました」

「はは、それは熱心ですね。しかし、あまり根を詰めませんように」

「ありがとうございます」

人当たりの柔らかい、気のいい人だが如何《いかん》せん仕事に対してはやる気がなく、日がな一日好きな本を借りては執務室で茶を飲むだけの仕事をこなしている。

夫人だけではなく、図書館第一棟の幹部貴族はみな同じで、この建物自体がそういう閑職《かんしょく》だと定義されているようだった。

幹部達はカノンのことも「同じ」だと思っていたようで、茶や食事に誘うたびに断り、あくせくと何か調べものに走り回っているカノンをなにやら奇異な視線で見るようになった。

第一図書館の幹部は五人。職員として採用されているのは裕福な家庭の子女が十人ほど、とこちらもこの規模の図書館としては十分だが、みなとにかく仕事をあまりしない。――実際に働いているのは、館長の給与から私的に雇われた非正規の職員達……という塩梅《あんばい》だ。

ようするに、行儀見習いとか「とりあえず」で採用された若者達の集まりで、彼らがのんびりと過ごしているので長閑《のどか》な職場だと言えばそうなのだが――。

カノンは首を振って、後ろ向きな思考を取り払う。この図書館をひとまず整理したい。コツコツやろう。なにせ時間だけはたっぷりあるのだ。

カノンはゾーイ館長と別れて図書館内の調査を再開する。

三階に行くなら一緒に、力仕事は手伝いましょう、と別の職員が後をついてきてくれた。二人で螺旋《らせん》階段を上って、三階建ての図書館のほとんど人気《ひとけ》のない三階部分に足を踏み入れて思わず声が漏れた。

まさかと思っていたが、三階部分には本来第一棟にはあってはならないはずの希少書――つまりは魔術書がある。

「本当に――、宝の持ち腐れ感がすごいわ」

つい愚痴が滑り落ちたところで、背後から人の気配が、した。

「誰《だれ》」

振り返ったカノンが、その人物に向かってつい鋭い口調で誰何《すいか》してしまったのは、本来、書籍の閲覧用に置かれている豪奢《ごうしゃ》なソファにその人物が明らかに寝そべって――午前中だというのに惰眠をむさぼっていたからだ。

「ここは図書館ですよ。寝るところじゃないわ」

カノンは口と声を尖《とが》らせた。

彼は、その風体からすると騎士に見える。図書館を守護している騎士達とは隊服が違うから別の隊なのかもしれない。白を基調とするならば、彼は皇帝直属の……近衛《このえ》騎士なはずだ。

「ずいぶんと、賑《にぎ》やかだな」

不届きな騎士はカノンに叩き起こされてわずかに不快そうに目を細めた。

鋭い眼光に気おされた職員がヒュっ、と息を呑《の》む。

騎士の、光の加減で暗褐色に見えた瞳《ひとみ》はどうやら本当は黒だ。

「まさか俺《おれ》の午睡を邪魔する度胸のある者がいるとは思わなかったな——どういう了見だ」

虎《とら》が牙《きば》を剥《む》くかのように彼はゆっくりと身体《からだ》を起こしながら言葉を紡いだ。

騎士にしてはなんだか、圧が強い。

「どういう了見か、はこちらの台詞《セリフ》ですよ、騎士様」

「ほう？」

騎士が不思議そうに首を傾《かし》げて、何かに気づいたかのようにほんの少し目を細めた。

「ここは図書館であって、寝室ではないわ。貴方《あなた》にも家くらいはあるでしょう？ ——朝から昼寝をするくらい仕事が暇なら、さっさと家に帰ってベッドでぐっすり休んだらいかが」

「……なに？」

カノンの背後にいた職員は彼に怯《おび》え切って言葉を失ったのだが、不幸なことに彼女は気づかない。それどころか、騎士に指示した。

「ほら、そこを、ちょっとどいてくださる？ 私、貴方の背後にある本に用があるの」

騎士は一瞬呆気《あっけ》に取られたが、カノンが手を伸ばした本を見て首を傾げた。

挑発するような表情でカノンを仰ぐ。

「……それは魔術書だぞ。読めるのか」

「得意よ」

「へえ？」

カノンが伸ばそうとしたのを先回りして騎士の手が伸ばされる。

試すような目で見つめられながら魔術書を手渡された。

魔術書は大きく分けて四つの種類がある。

本自体が魔力を宿し、手にするだけで強力な魔法が発動する禁書と呼ばれるもの。二つ目は本に魔術が刻まれたもの、魔力のある人間が開くと、魔法が発動する。三つめが、魔法は付与されていないが、魔力のある人間しか読めない本。最後に、魔術について知識が書かれた本。

カノンが手に取ったのは二番目の種類だ。

魔力がないものは、この魔術書が読めない。そもそも開けない。

魔術書を読むためには本が持つタイトルを明かしてやる必要がある。魔力がない者が本に触れても、字が浮き出てこないからだ。

カノンは視線を逸《そ》らさずに魔術書を受け取るとそれを難なく開いてみせた。

『――滅びた帝国の草花』

背表紙に指先が触れた端から金色の文字が躍って列をなしていく。それを正確な発音で読み上げると――一瞬淡くきらめいた本が恥じらうようなゆっくりとした速度でページを紐《ひも》解く。

「（銀蓮花）」

古代語で書かれた植物の名をカノンが舌に乗せると本の中から半透明の花が一輪出現して興味深げに魔術書に視線を落としていた騎士の眼前でくるりと回り――ややあって、消えた。

千年以上前に滅びた帝国の、希少な花だ。

「ちゃんと、読めたでしょう?」

カノンは本を閉じて、どう? と言わんばかりに彼を見る、騎士は片眉《まゆ》を器用に跳ね上げた。

改めて見るとひどく顔の整った男だ。

「……どうやら、そうらしい」

この声をどこかで聞いたことがある……とぼんやりと思う。どんな状況のときだったか――。

カノンが記憶をたどっていると、目の前の騎士は再びソファに座り魔術書に視線を落とす。

「皇太后の侍女にはならず、本当に図書館で働いているとは驚いたな、姫君」

姫君。

あ、とカノンは声をあげた。

そう、カノンにふさわしくない名前で呼ばれたのはつい最近のことだ。

ジジェに乗って皇宮に来た時――。

カノンは目を丸くした。

「貴方、あの時の――」

「また会ったな」

素っ気ない口調にも覚えがあった。

皇宮に訪れたとき、ジェジェに一緒に騎乗してくれた騎士だ。名前は知らないが――。カノンは居住まいを正した。まずは、先日の礼を言わねばならない。

「先日はどうもお世話になりました。また会うとは思っていなかったわ。今日はフードを被っていないのね、騎士様」

「今は髪と目を――いや……ここは城下ではないからな。俺が誰かわかっても構わない」

背の高い騎士の髪と瞳は黒。ひどく整った容姿の青年だがさらりと落ちた前髪の下から覗《のぞ》く視線が鋭いせいで近寄りがたい印象を受ける。

カノンは口元に手を当て半眼で彼を見た。

「それで、貴方はまた仕事をさぼっているのですか？」

カノンの不躾《ぶしつけ》な物言いに、騎士が鼻白む。

「……なんだって？」

「ダメですよ、ただ飯食らいは……」

「ただ飯？」

だって、とカノンは肩を竦める。

「午前中から騎士が休憩中なわけがないし、そもそも貴方の隊服は図書館を警護している人達のものとは違うわ――確か、近衛隊の方ですよね？」

この騎士と連れだっていたシュートはそう名乗っていた。

「……まあ……その近辺だな」

「近衛騎士ということは結構なお生まれなんでしょうけど。たびたび職務を放棄するのは感心しません。――職場に戻った方がいいわ」

騎士は呆《あき》れた顔でカノンを見ている。

「何か反論がありますか?」

「ある」

ずいぶんときっぱりとした口調だった。

「ずいぶんと偏見に満ちた断言をするのだな、姫君。騎士にも夜勤くらいはあるだろう。俺は書類と睨《にら》みあって明け方まで仕事だったのだ。ようやく終わって、ゾーイ子爵夫人に許可を得てここで休んでいたまで。貴重な睡眠時間を邪魔したのは、そちらだ」

カノンは上司の名前を聞いて驚く。あの安穏とした女性とこの騎士に接点があるなんて意外すぎる。

「……館長とお知り合いなんですか」

「まあな。嘘《うそ》だと思うなら聞いてみろ……まったく、折角の睡眠が妨害された」

軽く舌打ちをして、騎士は立ち上がった。

カノンの皮肉がきいたわけではなさそうだが、職場へ戻るつもりらしい。淑女に向かって舌打ちとは随分と尊大な騎士ね、と半眼になりつつカノンは騎士に反論する。

「貴方がゾーイ館長と知り合いといっても彼女になんと聞けばいいのですか？　私は貴方のお名前を存じませんけれど」

聞いたところでおそらく名乗らないだろうな、と思いつつもカノンが尋ねれば騎士はその場で立ち止った。

じろり、と視線でその場に縫い留められて、その意図をたぶん理解する。

「申し遅れました。私はパージル伯爵の娘、カノン・エッカルトと申します。先日はありがとうございました」

騎士はよくできた、と言わんばかりに鷹揚《おうよう》に頷いた。しかし、名乗りはしない。

やはり不遜《ふそん》な男だと思いながらカノンは手を差し出した。

「うん？」

その手はなんだ？　とばかりに男が妙に可愛《かわい》らしく首を傾げる。

「魔術書、返していただけますか？　所定の位置に戻しますので」

騎士はしばし考え込んで、いや、とカノンの申し出を断る。

「――魔術書は俺が借りていく」

「は？」

カノンは間抜けな声を出した。

「図書館の司書が、利用者の要望を妨げてはいかんだろう？」

「……まあ、そうですね。十日のうちには返してください。あと手続きを」

騎士は「そちらでやれ」とぞんざいに言い放つ。

「できるわけがないでしょう。第一、貴方の名前すらわからないのに！」

偉そうな騎士だと憤慨していると、彼は振り返った。

「ルカだ」

「え？」

「俺の名を尋ねただろう？　ルカと呼べ。――また来る。ではな、カノン・エッカルト」

一方的に言い捨て、騎士は螺旋階段をゆったりとした歩みで下りていく。

しばし、ぽかんとして騎士――ルカの背中を見ていたカノンは走らない程度の早歩きで螺旋階段を二階まで下りる。

「だから、手続き！」

――彼を追って二階に到着したときには、どこへ消えたのか、ルカの姿はどこにもなかった。

「……なんなの、あの人？」

カノンは首を捻《ひね》った。一緒に三階まで来ていた職員が戻ってきて声をかけてくれた。恐々と
ルカが去った方向を眺めている。

「彼が誰か知っているのですか」

「たまに図書館におられます。館長のお知り合いでおそらく身分のある方なのでしょうが」

職員からはふわりとした回答が返ってきた。

誰なのかは知らないが、ゾーイ館長が彼を非常に優遇するので、皆、彼が来ても「いないもの」として扱っているらしい。

「本は返却してくださると思いますよ、おそらく。以前も同じようなことがあったので」

「変な人ですね……」

カノンはルカがいたソファを振り返って、首を捻った。


彼との再会はずっと先になるだろうと根拠なく思っていたカノンだが、機会は数日後にまたやってきた。ルカは先日と全く同じソファに寝転んですやすやと寝息を立てていた。

螺旋階段を上って彼を見つけたカノンは呆れたが、今回は素通りすることにした。

彼のことをゾーイ館長に話したところ、

「エッカルト嬢、どうか、あの方のことは見て見ぬふりで……」

と蒼褪《あおざ》めた顔でゾーイ館長から指示があったからだ。

「近衛騎士の方ですよね？　任務放棄を放置してよいのですか？　誰も注意できないような家門の方なのですか？」

「知らない方がいいこともあるのですよ……」

ゾーイ館長の目はそわそわと泳ぐ。

なんとも曖昧《あいまい》な回答を思い出しながら、カノンは、はあ、とため息をついてちらりと騎士を見た。有力な貴族の放蕩《ほうとう》子息、そんなところかなとあたりをつける。

しかし……、心地よさそうに眠る姿は、現在勤務中の人間には目の毒だ。

透明人間がどこで昼寝をしようとカノンには関係のないことなので、また作業に戻ることにした。図書館の蔵書について粛々《しゅくしゅく》と調査する地道な作業だ。

「姫君、今日は何をしている」

「ぎゃっ」

彼を完全に意識の外に追いやっていたカノンは、背後から急に声をかけられて純粋に驚く。

「びっくりした……気配を殺して背後に立たないでください」

ルカはカノンの抗議を、まるっと無視して小さく欠伸《あくび》をした。

さっきまで寝ていたからか、わずかに寝ぐせがある。

「この前から疑問だったのだが、姫君はここで何をしている」

「……私は別に、姫君ではありませんが」

「単なる気分の問題だ、気にするな」

気にするのはこちらなのだが、……抗議しても無駄なような気がするのでカノンは大人《おとな》しく紙を差し出した。

　この一月ほど、蔵書を調査した結果が細かく記載されている。

「蔵書の調査です。第一図書館は分類されていない蔵書が多いので、分類し直そうと思って。せっかく希少な魔術書もあるのに……、ほったらかし。もったいないったら」

　ふうん、とルカがわずかに目を見開いた。

「この前なんか、魔術書が数冊破棄されるところだったんですよ、信じられない！」

　その中には、古代帝国の植物図鑑などという希少なものまで交じっていた。

　あわや破棄寸前、というところで救い出し、さすがに職員達に誰が捨てようとしていたのか、と問い質《ただ》したのだが、だれも記憶にないという。管理が杜撰《ずさん》にもほどがある。

「ほったらかしなのは魔術書だけではないんですよ。学術書も小説も――集めてはいるけれど、分類がいい加減なのです。これじゃ利用者を増やしたいなんて無理だわ」

「……利用者を増やしたい？」

　ルカはきょとんとした。

「法律上、皇立図書館は平民も利用可能です。だけど現状、利用する人は皆無です」

「無理もないだろうな。皇立と名がつく施設に平民が気軽に訪問するのは気後れするだろうし門番も紹介状がなければ追い払うだろう。――紹介状を手にしてここに入れたとして、監視されながら本を借りるくらいならいっそ本を買った方がいい」

これだからボンボンはとカノンは内心で口を尖らせる。

「印刷技術の革新で書物は増え、以前に比べ安価で手に取りやすくなりました。けれど」

「けれど?」

「平民にとっては高額です。生活必需品ではないから、本を買う人は限られます。だからこそ図書館を知識の泉として活用してほしい。利用率を上げたいんですが」

現状、皇立図書館を利用するのは役人か皇族、その関係者だけだ。

「さすがにどんな本が所蔵されているかの目録は図書館にはあるんですが分類が正確ではないので、修正したいのです……時間はかかりますが」

しかもトゥーランの分類方法は些か古い。カノンが知っている前世では十進分類法が普通だったが、ここでは図書の分類は六進分類法だ。職員に聞けば、どうやら大陸でも北東の国では十進分類法を取り入れているから、トゥーランはそういう文化面では北国の小国に後《おく》れを取っている。

——と、近衛騎士に国の欠点を指摘するようなことは話さないが、カノンは騎士に向かって正直に言った。

「広く国民に開かれた図書館……という触れ込みには些か嘘があるようなので、職員として、是正したいのです。まずは利用しやすい環境を整えたいなと」

「姫君はずいぶんと仕事熱心だな」

褒められたらしいので、カノンは少しばかり胸を張った。

「ルカ様はどうぞ仕事熱心な私を見習ってください。この図書館だけじゃありませんよ？　ゆくゆくは皇国の各地に図書館の分館を作りたい――。誰でも利用できるようにして、書物のやりとりも頻繁にして……」

そこまで一気に語ってから、はた、と我に返って言い添える。

「――なんて、まずは分館建設の出資をしてくださる方を見つけないといけないですけどね」

夢物語だなと鼻で笑われると思ったがルカは案外と神妙な表情をして聞いていた。それ以上彼が何も言わなかったので、では、と目礼してカノンは作業に戻る。

カノンが小一時間ほど作業をし終えてソファのあたりへ戻ると、ルカはまだそこにいて本を読んでいた。――構うな、と言われたがこんなに堂々と休憩していてもいいものなのだろうか。

カノンの胡乱《うろん》な視線を受けて、ルカはゆっくりと上半身を起こした。

「今度は何だ、姫君」

「いえ……、ずいぶんと気ままな勤務なのですね、ルカ様は」

「気ままどころか。ここに来る以外は働きづめだ。――ゾーイは俺を何だと言っていた？」

「詳しくは教えてくれませんでした。ルカ様を見えないものとして振る舞え、と」

「はは、賢明だ。――だが、姫君には俺が見えているらしい」

これだけ尊大な態度の男が視界に入らないわけがない。

「ご不満なら、以後は見ないふりをします」

カノンはすげない答えを返す。

おそらく、上級貴族の放蕩息子であろうルカの暇つぶしに付き合う義理はないのだ。

肩を竦めると何が楽しいのか彼はわずかに目を細めた。

感情の起伏があまりなさそうな騎士は、視線をわずかに動かすだけで、一気に圧が増す。

「いや――見えるからには俺はここにいる、のだろう。たまには構え」

偉そうに告げると「ではな」と帰っていき――。

あろうことか、数日と間を空けずに現れてはカノンに構って帰っていくようになった。

ルカが現れるのは決まって午前中だった。

本人談だが、夜勤明けの休憩場所として図書館を選んでいるらしい。

「自室でゆっくり休んだらいいじゃないですか」

カノンは指摘してみたのだが、「誰かしらが様子を窺《うかが》いに来るので面倒」なのだそうだ。近衛騎士官舎がどんなところかは知らないが、皇宮は確かに図書館に比べたら賑やかだろう。

ルカは朝寝をするだけでなく、カノンの蔵書調査も手伝うようになった。

粗野な騎士かと思ったがさすが貴族というべきか、彼はあらゆる書物に造詣《ぞうけい》が深い。

蔵書のメモもカノンが記載した項目よりずっとわかりやすいのでこっそり真似《まね》させてもらった。やけに幼児向けの絵本に詳しいのには多少驚いたが、本人曰《いわ》く「祖母がよく読んでくれたので懐かしい――なんだったか。実際に動物が飛び出てくる魔術書もあったな」などと平和な思い出を語るのでカノンはこっそり笑ってしまった。

似つかわしくない。強面《こわもて》の癖に、可愛いところもあるものだ。数日おきの断続的な訪問は一月ほど続き、カノンは彼をたまに訪問するバイトだと思おう、と割り切ることにした。

不遜な態度は相変わらずだが、高い場所の本を取る時など、たまに役に立つし、害はない。

――いよいよ寒さが底か、という二の月。

またいつものようにソファにふんぞり返っていたルカを見つけて、カノンは珍しく自分から彼に笑顔で近づいた。

珍しい魔術書を見つけたので披露したかったのだ。

カノンがそう告げると、ルカは意外にも可愛らしく小首を傾けた。

「――魔術書」

「以前、ルカ卿が話していたでしょう？　お祖母様が見せてくださったという動物が出てくる魔術書。この本ではないかなと……」

カノンが魔術書の背表紙をなぞってタイトルを読み上げると本が開いた。

「古代帝国の……動物図鑑みたいですね」

カノンの手の動きに合わせて、ぴょん、と白いうさぎが飛び跳ねて油断しきったルカの頭の上に飛び乗る。

仏頂面のルカとふわふわしたウサギの対比がなんともおかしい、カノンは小さく吹き出した。笑うカノンをルカはじっと見ていたが、指を鳴らしてウサギを本の中に戻した。

ルカの唇が小さく弧を描く。

「確かに、これだ。懐かしいな」

「色々手伝ってくださったお礼にお貸しします。楽しんでくださいね」

カノンの提案を軽く笑って「そうしよう」と受け取ってから、彼はおもむろに、指を顎《あご》に添えた。

「……わからんな」

「何がです？」

ルカは尊大な仕草でソファの向かいに置かれたスツールを示す。

「座れ」と短く命じられたのでカノンは困惑しつつも従う。ここで彼に抗《あらが》うより、話を聞いた方が早そうだ。

「カノン・エッカルト。姫君はなぜ、こんな図書館にいる？」

「は？」

いきなり就職面接よろしく志望動機を聞かれたので、企業の圧迫面接か何かが始まったのだろうか、とカノンは錯覚した。

「……それは、どういう意図の質問ですか？」

「単なる興味だ」

ルカが言え、とばかりに視線で圧をかけてくるのでカノンは仕方なく答えた。

「成人になったにもかかわらず私には特にすることもありませんでしたので。家の負担になるよりも、かねてから夢だった図書館での勤務を希望しただけです。幸い、皇太后様がお口添えくださいましたし……」

誰に聞かれても、カノンはそう答えている。

今までそれ以上聞かれたことはなかったのだが。

「カノン・エッカルト」

「なんですか？」

何かを確かめるかのように改めて名前を呼ばれたので小首を傾げる。

「カノン・エッカルトはその素行の悪さから実の父である伯爵と婚約者であるディアドラ侯爵に嫌われ、結果、婚約は破談。——母の知己である皇太后に泣きついて、仕方なく訪れる人も少ない図書館に勤めている。皇太后は養い子だったイレーネへ殿への情から彼女を引き取ったが、彼女を疎《うと》んで侍女にはしなかった……」

「なっ……」

淀《よど》みなくルカの口から紡がれた「カノン・エッカルト」の事情に言葉を失う。

大筋は違わないが、仔細《しさい》は違う。そして、仔細が違えば印象が全く異なってくる。

反論しようとしたカノンをちらりとルカは見た。

「まあ、落ち着け。――この噂《うわさ》には続きがある。聞くか？」

「……教えていただけますか……」

頬《ほお》を引きつらせながら頼むと、騎士は続けた。

「ぼんくらのオスカー・ディアドラは伯爵の掌中《しょうちゅう》の珠《たま》である妹と婚約したらしいな？　パージル伯爵の次女シャーロットは天使のように美しく、二人は仲睦《むつ》まじく過ごしている。さらに姉はそれを恨んで図書館に引き籠《こも》りながら、今も復讐《ふくしゅう》の機会を窺っている、とか……」

探るような視線で射抜かれ、カレンは拳《こぶし》を震わせた。

なんという濡《ぬ》れ衣《ぎぬ》だ！　と叫びたいのを堪《こら》えてカノンは聞いた。

「……その噂は、どこから？」

「皇宮の姦《かしま》しい雀《すずめ》が楽し気に話していたぞ。俺でなくても、皆、知っているだろう」

――なんということか。

本人のあずかり知らぬところでそんなひどい噂があるとは知らなかった。しかも、誰もが知る笑い話になっているとは。復讐どころか、このうえなく綺麗《きれい》に身を引いて彼らの記憶から姿を消した……とばかり思っていたのに。

カノンはがっくりとその場で膝《ひざ》をついた。

「事実か？」

感情の籠らない声で確認され、カノンはうっと呻く。

反論して違う、と熱弁したいが、それに何の意味があるだろうか。はーっと長いため息をついてスツールに座り直した。

「まあ、おおむね、間違ってはいません」

「おおむね？」

語尾があがる。違うところはどこか、を問うているらしい。

「私の素行が悪かった、というのは——おおいに否定したいです。素行も何も屋敷からほぼ出歩かない生活をしていましたので。良くも悪くもないと思います」

「ほう」

「それに、図書館で働きたいというのはずっと希望していました。皇太后様が希望を叶えてくださったのです」

「そうらしいな」

ルカは少しだけ楽しそうにカノンが持った用紙に視線を移した。

そこにそれだけ細かい書き込みがしてあるかは、彼もこの一月で知っている、はずだ。

「事実なところは？」

「妹が天使のように美しく、侯爵が私ではなく妹と恋仲なのは事実です。結果として婚約が破談になったのも」

「その割に残念そうでないな」

「……そんなことは」

「ない、と？」

「残念ですよ。お前を嫌いだと婚約者から言われて悲しまない女はいないでしょう？　けれど──お似合いの二人ですし、明らかに好まれていない殿方に嫁ぐほど、自暴にはなれませんでした。それに……私が諦《あきら》めるのが一番……」

カノンは言葉を探した。

なんと言えばいいかわからないが──。

「手っ取り早いというか、被害が少ないと思った、というか……」

口を開いて言葉を重ねるたび、なにやら目の前のルカは呆れているようだった。

「諦めが早いな。しかし、姫君はオスカーに惚《ほ》れていたわけではないのか？」

「……それは、全く。悪い方ではありませんが」

どちらかと言えば、軽薄なオスカーのことは嫌いだった。

「まあ俺もディアドラとの婚約なら破棄したい」

「仮にも侯爵なので、呼び捨ては不敬ですよ……」

「知ったことではないな」

──身の上話なんかするつもりはなかったのに、ルカは案外、人の話を聞きだすのがうまい。

つい話しすぎたな、とカノンは反省する。

まあいい、とルカは立ち上がった。

「ルカ様は、私の傷心具合にご興味がおありですか？」

「姫君の感情にはあまり興味がない」

カノンは思わず半眼になった。興味がないなら、聞かないでほしい。

ではな、とルカはカノンの古傷をえぐりっぱなしで帰っていった。

もう二度と来るな、と脳内で塩をまいたのだが、彼はまた数日空けてやってくる。

無視しても、その本は何だ、今は何をしているのだ、と偉そうに報告を求めてくるのでカノンが折れた。この男は——並外れて無礼なだけで悪気はないに違いない。仕方ない。そんな風に毎日を過ごし、第一図書館の蔵書整理は他の職員の協力も得て着々と進んでいった。

「ここの図書館だけ利用をしやすくしても、意味がないだろう？」

冬の寒さが薄らいできたある日。いつものようにふらりと現れてカノンの指示に従ってあちこち手伝っていたルカが、書籍に目を落としながら尋ねた。

「ご指摘の通りです。……本当は皇国の十州すべてに旗艦図書館をつくって、主だった町すべてに分館をつくって蔵書を相互で貸し借りさせるのが理想です」

「図書館を増やして、何を目指すんだ？」

「——まだまだ平民の中には高等教育を受ける財力がない者も多いですもの。そんな人達に本は知識の入り口になるはず。気軽に出入りできる場所にできたらいいのですけど。知は平等に開かれるべき……と」

第一図書館は平民でも利用できることになっているが実際は富裕層しか出入りを許されていない。本を盗むのではないかと危惧《きぐ》されているからだ。

「本を高価だと思わないくらいに平民の生活水準が上がるといいんでしょうけれど」

トゥーランの先代皇帝の命令により国民は十二歳までは基礎教育……日本で言うなら小学校だ。――を卒業するのが義務付けられている。だが、実際の卒業率はせいぜいが五割だろう。

無償ではないので全員が通うのは難しい。せめて、主だった都市の各市町村に小さくてもいいから図書館があれば、お金がなくても、学びたい人間が学べるかもしれないのに。

「平民に知恵をつけさせるな、支配しづらくなる――と反対するかもしれないぞ？」

カノンは肩を竦めた。

「賢君と評判の皇帝陛下がそんなにみみっちい方だったらがっかりです。貴族や富裕層なんて全国民の一割にも満たないんですよ？　そんなわずかな人間の中から優秀な人材を輩出するには無理があります、可能性は広げなくちゃ」

「皇帝がみみっちい、か。大胆な批判だな」

近衛騎士のルカがくつくと喉《のど》を鳴らしたので、カノンは失言だった、と口元を押さえた。

「陛下は賢君だと聞き及んでおります。――告げ口しないでくださいね」

「告げ口など、必要のないことはせん。ま、姫君の志は立派だが甘っちょろい理想論だな」

「甘っちょろい、ですか？」

「その理想を形にしたいなら姫君はたとえ妹と夫を分け合うことになってもオスカーを手放すべきではなかったな。あいつには金がある」

皮肉な口調でルカは続ける。

「理想を実現するには金と権力が必要だ。一介の図書館員に何ができる？」

痛烈な皮肉だが真実なので、カノンは胸に手を当て、うっ、と呻いた。

確かに、具体的な案はどこにもないし、理想論でしかないのだ。

「どこかにお金と権力をくれる神のような方がいないものですかね……」

ルカはふむ、と顎に手を当てた。

「それならば……心当たりがあるぞ。結婚相手として紹介してやろうか」

「是非とも。婚約破棄された挙句に勘当された伯爵家の娘でいいならば」

カノンが軽口を叩いたところで、職員が何やら慌てたようにカノンを呼びに来た。

「カノン様、お客様です」

「私に、客？」

カノンはおうむ返しに繰り返す。生憎《あいにく》と訪ねてくるような友人もいないのだが。不審に思いつつルカと別れ、館長室に足を踏み入れたカノンは思わず扉の側で凍り付いた。

「お義姉様！」

「やあ、カノン」

そろいの色の服を着た美男美女がソファから立ち上がった。

シャーロットとオスカー、だ。

ゾーイ館長が申し訳なさそうにカノンを見た。

「ディアドラ侯爵様が急なお越しで――」

どうやら前触れなしに二人は現れて、粗末に扱うわけにもいかずに困っていたらしい。

ゾーイ館長がここで、どうぞと言ってくれたのでカノンは二人に尋ねた。

「二人そろって、何かあったの？」

「オスカー様のお仕事についてきたのです。結婚したら私も皇都に住むだろうから、新居の準備も兼ねて」

幸せいっぱいの笑みでシャーロットが頬を染めた。なぜ皇都にいるか、ではなくカノンの職場にわざわざ来た理由を知りたかったのだが……。

「素敵な新居になるといいわね」

適当に言うとシャーロットは、善良そのもの笑顔で封をした美麗な封筒を取り出した。

「皇都にある侯爵邸で、婚約披露の宴を開催するので、お義姉様にも来ていただきたくて。招待状をお持ちしました」

「来てくれるだろう、カノン」

オスカーはうっとりとシャーロットの手を取って、カノンの顔を見ないまま尋ねた。

カノンは絶句した。……さすがに婚約破棄した姉を祝いの席に誘うような厚顔さには呆れるが、さらに招待状に書かれた日付に目を丸くする。

明日、と言わなかっただろうか、この二人は。

「せっかくのお誘いだけど明日は仕事があるの。皆様でどうか楽しんで」

急な誘いも無礼だが、祝いの席に着ていくような衣装一式もカノンは持たない。

準備する伝手《つて》も暇も金銭もない。

カノンの言葉にシャーロットが悲し気に俯《うつむ》く。

「祝いの席に来てくれないなんて、やはりお義姉様は私の婚約を、快く思ってくださらないのですね」

「……カノン、来てくれないのかい？」

シャーロットの援護を始めたオスカーに、顔を引きつらせた。これでは、シャーロット側はカノンを招いたが、カノンの事情で欠席ということになる。

オスカーはともかく、シャーロットには明らかに悪意がある。

「……カノン様は本当に明日、外せないお仕事がおありなのですよ、侯爵」

ゾーイ館長がさすがに助け舟を出してくれたが、オスカーが肩を竦めた。

「仕事はいつでも休めるように調整できて一人前だよ。カノン。働き始めて間もないからうまくいかないのかもしれないが」

働いたことがない人間に説教を受けることほど腹の立つことはない！

が、カノンは引きつった笑顔のまま、耐えた。

ここで喚《わめ》いても大げさに誇張して吹聴《ふいちょう》されるだけだ。

「まだうまく仕事を回せなくて。参加できなくてごめんなさい。祝いの花を贈るわ。本当におめでとう」

オスカーが肩を竦めた。

「……まあ、仕方ないな。じゃあ、僕達はこれで」

二人が出ていくのを見送って、扉を開けた人物にカノンはぎょっと固まった。

ルカが護衛のふりをしてドアを開け二人に頭を下げている。ご苦労、とオスカーが言って目の前を通り過ぎるまでルカは顔を上げなかった。

ゾーイ館長はあからさまにルカにぎょっとし、「ここここ、侯爵閣下をお見送りしてきますわ」と目を泳がせて逃げた。

ゾーイ館長とルカが知り合いなのは本当らしい。オスカーと妹が廊下を曲がるのを見届けるとカノンを見て、ルカはやれやれとため息をついた。

「……なんですか、ルカ様」

「姫君はずいぶんと情けないな」

「情けな……っ」

「意気地がない、でもいいぞ——カノン・エッカルト。姫君はあそこまで虚仮《こけ》にされても笑うのか？　ざまあないな」

「……う」

本当のことなので耳が痛いが、言い返す言葉を持たない。

「俺が姫君の立場なら、オスカーとその婚約者はとっくに血の海に沈んでいるぞ」

涼しい顔で物騒なことを言う騎士だ。

「しかし、なるほど……カノン・エッカルトの新たな悪評を妙に耳にすると思ったらあの調子で流されているわけか」

「新たな悪評、ですか？」

カノンは眉をひそめた。

「皇太后の前では皆口をつぐむが、裏では——ひどいものだ」

ルカが言うには、カノンはオスカーにべた惚れで、婚約破棄をされた今も未練がましい態度を取っている、ことになっているらしい。遺憾《いかん》だ。

ルカはソファに身を沈め、足を組み替えて戦慄《わなな》くカノンを眺め、ニィと口の端を上げる。

前から思っていたが、カノンは確信した。この男は顔立ちはいいが、性格と、人相が悪い。

「何も言わずに身を引けば、笑って過ごせば己の潔白を誰かが信じてくれるだろうというのは、実に深窓の令嬢らしい愚かな身の処し方だな。噂の出どころはどこかを俺は知らないが――ディアドラ侯爵もお前の父親も、どうやらその噂を否定していないぞ？」

父の名前にカノンはさすがにショックを受けた。

……愛されていないことは知っていたし、彼らから何かをもらうことは、諦めた。

だから文句は言わないし、自分だけで生きていこうと決意したのに……。

拳を握りしめて固まっているカノンに、ふ、とルカは苦笑した。

「しかし、パージル伯爵もよくわからんな」

「父、ですか？」

のろのろと視線を上げると、にこ、と今度は微笑《ほほえ》まれた。落差が怖い。

「――カノン・エッカルトは美しい」

「はっ？」

いきなり褒められてカノンは身構えた。ルカは面白そうに指を折る。

「それだけではなく、皇族の血筋で皇太后の覚えもめでたい。しかも賢く勤勉で、性格も擦れていない――。頭の軽そうな妹よりよほど使い勝手がよさそうなのに」

「……どうも、ありがとう、ございます……？」

褒めちぎられて困惑する。それに、うすら寒い。

「まあ、自己評価の低さはどうかと思うが。――姫君のような、得難い娘を蔑《ないがし》ろにして、もったいないことだな――、父親含めあいつらに後悔させてやりたくはないのか？」

何が言いたいのかわからずに困惑しているとルカは立ち上がって笑みを深めた。

「あまり引き籠っていると、いいように言われてそれが事実になる、ということも考慮に入れた方がいい。少なくとも――」

背の高い騎士は立ち上がった。

そろそろ帰る、と慇懃《いんぎん》無礼《ぶれい》に礼をしてさっさと踵《きびす》を返す。

「たまには外に出て、自分は幸せに過ごしていると示した方がいいぞ。まあ、外野からの勝手な忠告だがな」

ショックを受けているカノンを残し、ルカはいつものように、忽然《こつぜん》と姿を消していた。

「――エッカルト嬢、ご機嫌いかがですか？」

シャーロット達の訪問があり、自分の噂を聞いた翌日。

さすがに落ち込んでいると、ゾーイ館長が「いい茶を仕入れましたよ」と執務室での休憩に誘ってくれた。

眠りが浅くどうも今日は満足に働けそうにないので、ありがたくご相伴《しょうばん》にあずかる。

「元気がないようにお見受けしたので……昨日のディアドラ様のことは気になさいますな」

「……お恥ずかしい限りです。ルカ卿にまで……」

カノンは花の香りの茶を受け取りながらカノンはがっくりと項垂《うなだ》れた。

「る、ルカ卿が何か……？」

恐るおそるという具合に確認してきたゾーイ館長に首を振る。

「いいえ、ルカ卿はただ親切に教えてくださっただけです、その……私の悪評について」

カノンがルカから教えてもらった「カノン・エッカルト評」をポツポツと話すと、ゾーイ館長は「あー……」と気の抜けた声を出した。

どうやら館長も知っている有名な話だったらしい。

可哀そうな娘だと思いながらも空気の読めるゾーイ館長は触れないでいてくれたようだ。

「本当に、お恥ずかしい……」

レヴィナスからも手紙が来て、オスカー達が来たことへの気遣いの言葉があった。

伯爵家を出て自由になり自立したと思い込んでいたのは己だけで、周囲から見れば追い出された小娘が図書館に引き籠っているだけに見えていたとは。

そして、それはおおむね事実なのが悔しい。シャーロットとも対立を避けていたせいで好きに言わせて、彼らを増長させた。全くもって、穴があったら入りたい。

悄然《しょうぜん》とするカノンをゾーイ館長は励ます。

「エッカルト嬢が図書館で真面目《まじめ》に勤務しているのは、私にはわかっていますよ——職員達も口をそろえるでしょう。貴女がなさった書物の分類は本当に見事なものです」

「ありがとうございます」

「ただ、そうですね。人は見えないものを勝手に想像しておもしろおかしく尾ひれをつけるものです。貴族社会では、特に。たまには皇太后様の招きに応じて、皇宮に顔を出してはいかがですか？　元気な姿を見れば、悪意ある噂も減るでしょうし」

そういえば、月に一度は顔を出すように、と言われていたのに先月はなんとなく機会を失っていた。

ちょうど昨日、皇太后から茶会への招待状が届いていたのだ。

「それはいい。伺いますと返事を書きましょう、そうしましょう」

ゾーイ館長にやけに強引に勧められ――カノンはそうですね、と頷いた。

一度、今の状況の礼を言わねばならないだろうし。

カノンは皇太后に返事を書いた。

仕事も落ち着いてきたので挨拶《あいさつ》に伺いたい、と。

皇太后からは気負わずにおいでなさい、との伝言が届き、カノンはその招きに素直に従うことにした。

★第三章　茶会と茶番

皇太后《こうたいごう》のサロンは皇宮の中でも、今、最《もっと》も華やかだと言っていい。

現在、存命している皇族は四人。皇帝陛下、先帝の皇女殿下。庶子ではあるが先帝の皇子にして公爵閣下。――だが、彼は現皇帝との政争に敗れて軟禁状態。皇女殿下は一度降嫁《こうか》して、夫君の逝去《せいきょ》後に皇宮に戻ったという経緯もあり、皇族の特権を今は持っていない。純粋皇族だと言えるのは皇帝と皇太后だけだと言ってよく、特定の女性を皇帝が側《そば》に置かないこともあって、現在、皇宮内では皇太后の影響力は皇帝に次ぐ。

そんな権威ある女性の開く茶会だ。

いくら内々の集まりと言っても、そこに招かれること自体が栄誉だ。――さすがにカノンが実家から持ってきた時代遅れのドレスを身に纏《まと》って、のこのこ訪問したのでは招いた皇太后が恥をかくのでは？　とカノンでさえも、思う。

だから訪問を遠慮していたのもあるのだが。

それに、とゾーイ館長はため息をつく。

「エッカルト嬢があまり古いドレスを着ていくと、職員に満足な待遇を与えていないのではないか、と私も叱責《しっせき》されてしまいます」

ごもっともすぎる意見だ。しかし、茶会までそんなに日がないのでどうしようかと悩んでいるとこれもゾーイ館長が手配をしてくれた。

「私の親戚《しんせき》が城下で有名なお針子と懇意なのです。今から仕立てても間に合わないでしょうから、何かいいドレスを貸してもらいましょう」

ゾーイ館長の提案で翌日には衣装屋が来て、今の流行《はや》りだというドレスの中から瞳《ひとみ》の翠《みどり》と同じものを選んでもらう。

出来合いにしてはずいぶんサイズがぴったりのドレスの仕立て代は眩暈《めまい》がしそうなほど高価だったが、貸出なので安価でいいですよと笑われた。

しかも北山の一角にしか住んでいない雪狐《ゆきぎつね》の毛皮まで準備してもらい、防寒も万全だ。

「……こんな高価なものまで？」

汚したらどうしよう、とカノンは困惑したが、「貸与品ですから」と微笑《ほほえ》まれた。

「よいではないですか、エッカルト嬢。箔《はく》がつきますよ。招いたご令嬢がこのような美しい装いをされれば、皇太后様も鼻が高いでしょう」

「そういうもの、ですか？」

「もちろんです」

社交界に疎《うと》いカノンはそんなものか、と納得するしかない。

ゾーイ館長にはすっかり世話になってしまった。

せっかくですから、髪の毛も綺麗《きれい》にしましょうと香油をつけて結い上げられて化粧を施され鏡を見れば、どの角度から見ても美しい「伯爵令嬢」がそこにいて、カノンはゾーイ館長が手配した侍女達の腕の良さに唸《うな》った。

どうせ誰《だれ》も見ていないからと最近は身なりに手を抜いていたことを自覚して反省する。

これなら――。

（――カノン・エッカルトは美しい）

脳裏に低く甘い声が甦《よみがえ》り、カノンは思わず両手で自分の頬《ほお》を軽く叩いた。

「……なんで今、思い出すかな？」

ルカはそう褒めてはくれたが、あれは皮肉の部類だ。美しいと褒めそやしてその直後に言った「愚かな身の処し方」だの、との指摘が本音だろう。

「カノン、少し褒められたくらいで……しかも、すこーし見目のいい騎士から褒められたからって、舞い上がるなんて。……貴女《あなた》って本当にちょろいわ……」

自己評価が低い、と言われたのも図星で、自分自身にがっかりする。

十歳で母が亡くなってから、父や婚約者から浴びせられていたのは否定の評価ばかりだったから無理からぬことかもしれないが。

暗いことはあとで存分に考えようと決めて皇太后の居城へたどり着くと、門のところから、ひょい、と白いモフモフが顔を出した。

随行の騎士がぎょっと足を止める。

「あー、やっぱりカノンだあ」

「ジェジェ！　お久しぶり。私が来たことがよくわかったわね」

本来は馬ほどのサイズの魔猫《まびょう》は小さな姿で、えへへ、とご機嫌にしっぽを振った。

「今日来るって皇太后様が言っていたし、カノンの匂《にお》いがしたから来たんだ」

カノンとは少し会っただけなのに、匂いを覚えているとは。

「カノンはいつも可愛《かわい》いけど、今日はものすごーく綺麗！」

「実は借りものなのよ。だけど、ジェジェ、ありがとう」

「皇太后様に会いに来たんでしょう？　僕が案内してあげる」

カノンの返事を待たずにジェジェがくるりと背を向ける。

機嫌よさげにふさふさの尾が揺れた。

騎士が「どうぞ、ジェジェ様の横を歩かれてください」と促すのでカノンはそれに従った。

以前来た時も思ったが皇太后の居城は緑や花々が多い。庭師の手で美しく整えられた庭で茶を楽しむのは本当に贅沢《ぜいたく》なことだわとカノンは感心する。

「最近皇太后様も忙しくってさあー。心労も多いみたいだよ。カノンと会えるのを楽しみにしていたみたいだから、ゆっくりしてってね」

ジェジェがまるで人間のように愚痴るのは微笑ましいが、皇太后の心労が多いのはいただけない。

「お忙しいの？　どうして」

「今度さあ、西部の大公閣下が遊びに来るらしくて。その準備で忙しいみたい！」

カノンは思わず足を止めた。トゥーラン皇国の南西には小国ながらも交易で栄えた豊かな大公国タミシュが位置する。タミシュとトゥーランの二国は友好関係で、言葉は悪いかもしれないがいわばトゥーランの属国だ。

「遊びに来る……？」

「大公国との国境に五十年くらい貸していた土地があるんだけど、その返還式典があるんだ」

「……そうか、そういうイベントがあったのよね」

カノンはタミシュ大公のプロフィールを脳裏に思い浮かべた。

タミシュの大公閣下と言えば——ゲームでの攻略対象、その四だ。

怠惰をつかさどるタミシュ大公閣下はその美貌《びぼう》と女性遍歴で有名だったはず。大公になる以前はトゥーランの大学に留学して皇帝とは交友関係がある、という設定だったはずだ。

——皇太后様とのお茶会以外は、やっぱり極力、皇宮には顔を出さないようにしよう。

改めて誓いつつジェジェの後ろを付いていく。

「カノン、迷子になったらだめだよ。僕の後をちゃーんと、ついてきてね！」

「子供ではないから、大丈夫よ」

「そーお？　カノンが子供の頃《ころ》、ここで迷子になったの覚えてない？　僕が探してあげたんだけど」

迷子になった記憶はないが、母とここにも訪れたことがあると思うとなんだか懐かしい心地がする。ジェジェの足取りは軽く、皇太后付きらしい年配の上品な侍女が微笑む。

「ジェジェ様がこんなになつくなんて。やはり母君と似ていらっしゃるからかしら」

「似ていますか？」

「瞳とお髪《ぐし》の色が一緒ならば生き写しです。姫君にお会いできて、嬉《うれ》しゅうございます」

「母のことも今度聞かせていただけると嬉しいです」

「ええ、喜んで。ジェジェ様とイレーネ様はよく皇宮を散歩していらっしゃいましたね」

「そうそう！　僕達仲良しだったから」

年配の侍女も母イレーネと親しかったらしい。和《なご》やかな空気のまま客間に到着した。

皇太后ダフィネを囲んで十数人の人々が賑《にぎ》やかに会話を続けている。

侍女がカノンをつれてきたことを告げると、人々の意識が一斉にこちらを向いたのがわかった。

――カノンが「貴族らしい」生活をしていたのは母が亡くなる十の年まで。こういった集まりでどう振る舞うべきかはあやふやだが、――前世で頻繁に参加していた「目上の人々が集合する取引先との会食」だと思ってやり過ごすことにした。

「お招きいただき、ありがとうございます。皇太后陛下。カノン・エッカルト・ディ・パージルが参じました」

緊張が表に出ないように楚々《そそ》と頭《こうべ》を垂れると、皇太后はわざわざ立ち上がってカノンを出迎え、人々に紹介した。

「私の慈し子だった、イレーネ・エッカルトの娘カノンですよ。今は私の要請で皇都の図書館で働いてもらっているの。イレーネと似て、カノンも聡明《そうめい》だから」

カノンが顔を上げると年配の数人の貴族は懐かし気に表情を緩めたが、居並ぶ令嬢達の表情にわずかに緊張が走る。

――パージル伯爵令嬢という紹介はされなかった。そして、「皇太后の要請で」図書館にいると明言された以上はカノンを「婚約破棄された挙句に図書館に逃げた」と罵《ののし》ることは許されなくなった。少なくとも皇太后の目の届く範囲では。

目配せを交わしあったのは『皇帝陛下の目に留まるように』集められた高位貴族の令嬢達なのだろう。その中に以前、訪れたときに声をかけてくれたご令嬢、タミシュ大公国出身のヘレネは見当たらない――。

今日は欠席か、とわずかに残念に思いつつカノンは微笑んで彼女達の会話に交ざることにした。令嬢達も心得たもので、誰もカノンに実家のことや家族の話は振らない。無難に話に交ざるうちに令嬢達のパワーバランスも見えてくる。

六人の令嬢は皆美しいが、ともに侯爵家の出身の娘二人が中心人物らしくひどく華美な装いをしている。彼女達はにこやかに会話をコントロールし、自分達を取り巻きに褒めそやさせることに抜かりない。

カノンはヘレネが令嬢達が「ばちばち」と形容していたのを思い出した。

この二人のどちらかが正妃になるのかもしれないが――、どちらが選ばれても禍根《かこん》を残しそうな、気の強そうな二人だ。

「エッカルト嬢の今日の装いは素敵ですね」

急に水を向けられてカノンは紅茶を吹き出しそうになった。

ブルネットの髪をした侯爵令嬢が優美に微笑む。

「ドレスもですが、雪狐の外套《がいとう》も見事でした。あれはどちらの商会でお求めになったのです？ぜひ教えていただきたいわ」

カノンは紅茶カップをソーサーに置いて動きを止めた。

ボスその二らしきご令嬢も扇子を広げて口元を隠し、にこやかに尋ねてくる。

「本当に！　あのような美しい毛並み、めったに見られないものですわ。パージル伯爵家は裕福だというのは本当だったのですね」

――良質な毛皮だとは思っていたが、そこまでだとは思っていなかった。

カノンは内心で冷や汗をかく。もっと……地味なものを貸してもらえばよかった。

城下の衣装屋さんから借りました、などと正直に言おうものなら笑いものである。

上司のゾーイ館長から借りた、と職場の円満差をアピールしてみようかと思ったが、ゾーイ子爵夫人はそこまで裕福な家門ではない。明らかに不自然だ。

「……とある、方からの贈り物なので……どこで購入したかは存じ上げないのです」

侯爵令嬢二人はやけに息の合った様子で視線を交わしあう。

表情がありありと「疑わしい」と言っている。

苦しい言い分だなと。我ながら思う。いっそ、父からの贈り物だと嘘《うそ》をつけばいいのかもしれないが、父に花を持たせるのも嫌だ。

どうしようか、と背中に冷や汗をかくカノンと、令嬢達との会話を遮ったのは、若い男の声だった。

「皇太后陛下。遅くなりました」

「待ちかねましたよ！」

「お許しください、お祖母様。主役は遅れてくるものでしょう？」

――令嬢達は囀《さえず》りをやめて慌てて立ち上がり、頭を垂れる。

カノンも会話が遮られて助かったと思って闖入者《ちんにゅうしゃ》をちらりと視界の端に収め、その髪色で誰かを悟って慌てて頭を垂れた。

背の高い男性だった。

白い軍服を身に纏い――光を抑えた銀色とも灰色ともつかない珍しい髪色をしている。そして皇太后の親し気な口調から、それが誰かを察するのはさして難しくない。

「皇帝陛下、ご機嫌麗しゅう」

皇太后を除いたなかで、一番身分が高いらしいブルネットの髪色の侯爵令嬢が青年に声をかける。相手は、トゥーラン皇国、第十四代皇帝、ルーカス。その人に違いない。

皇太后のサロンに顔を出せばいつかは会うだろうと思っていたが、初回から顔を合わせることになるとは思わなかった。

カノンは身を固くした。

何せ、元々カノン・エッカルトは皇帝の手先なのだ。

彼のために暗躍し、あっさりと捨てられる。関わりは少ない方がいいに決まっている。

――まあ、皇帝にすれば居並ぶ貴族令嬢の中の末席にいるカノンなど、目に留まらぬだろう。石のように大人《おとな》しくしていよう、と決意して床の絨毯《じゅうたん》の模様を見つめた。できれば、茶会が終わるまで絨毯の柄のことだけ考えていたい。

「ご令嬢達も息災のようでよかった。楽にするといい」

皇帝の許しを得て令嬢達が椅子《いす》に座る。カノンもそれに倣《なら》おうとした時――。

「よく来たな。カノン・エッカルト」

聞き覚えのある声で名前を呼ばれて、混乱した。

反射的に顔を上げて「彼」を、黒髪黒い目の騎士を探すが、そのような容姿のものはいない。

いや、とカノンは動きを止めた。

聞き覚えのある声――？

先ほどから、同じ声が、皇太后と会話をしていなかっただろうか。

まさか、と錆《さび》ついた動きでゆるりと顔を上げたカノンは今度こそ固まった。

不躾《ぶしつけ》なほど「皇帝」を見てしまった。

灰色とも銀色ともつかない髪が鈍く光を弾《はじ》き、さらりと揺れた前髪の下、緋《ひ》色の、血のような瞳がまっすぐにカノン見つめ返す。ひどく端正な顔立ち、しかしどこか皮肉めいた視線。

カノンは皇帝に謁見したことなどない。銀の髪に緋色の容姿の男には会ったことがないが、
だが、皇帝の髪と瞳の色が黒であったなら――。

――彼の顔ならば、何度も見た。そもそも初めに皇宮にカノンを連れてきたのも彼ならば、図書館で親交を深めたのも、彼だ。不愛想でいつも図書館のソファで昼寝をしていた……。

「る、か……卿」

思わず声を絞り出してしまってからしまったと口元に手を当てる。

左右の令嬢から針のような視線を浴びて、内心で震え上がる。

皇帝は場の困惑を一瞬、確かに楽しんでから、妙に可愛らしく首を傾《かし》げた。

「カノン・エッカルト。そのドレスはやはり其方《そなた》に似合ったな、美しい」

ひ、と声が出そうになる。

皇帝は令嬢達にも微笑みかけた。

「私がカノンに送った雪狐の毛皮は、タミシュ大公から私への贈り物だ――どこで手に入るかは、今度直接、聞いておこう」

彼女達は呆然《ぼうぜん》と立ち尽くし言葉を失った。

……いや、これはゾーイの手配で借りた……と思ったが、確かに下級貴族の彼女が手配したにしては一式が高価であった。そしてドレスに至ってはまるでカノンのために誂《あつら》えたかのように色味があっていた。

「まあ！」

皇太后ダフィネだけがその場の凍り付いた空気をものともせずに手を打って立ち上がる。

「どういうことかしら？　ルカ、貴方《あなた》いつの間にカノンと面識を得ていたのです？　そして、なぜカノンに贈り物をしたのです」

それはカノンも知りたい。

ダフィネの横顔には間違いなくワクワク、と書いてあり、居並ぶ令嬢達は蒼褪《あおざ》めている。

皇帝と呼ばれた男はふ、と目を細めてカノンに向かって微笑んだ。

見ようによっては甘い笑顔に見えるだろう。

「――恋人に贈り物をするのは、当然のことでは？」

ピシり、と場の空気が凍りつき——カノンはその場で昏倒《こんとう》しそうになった。

ダフィネだけが、まあ！　と歓声をあげた。

「図書館で猫みたいに無駄に時間をつぶしていたわけではなかったのね、ルカ」

「お祖母様、それはひどいな……私がまるで公務を疎《おろそ》かにしているようではないですか」

孫を褒めるダフィネの声を聞きながらカノンは気が遠くなりそうだった。彼女がいつか言っていた、大きな猫が皇帝だった、とは……。茶会でその後、誰が何を喋《しゃべ》ったのか全く記憶がなく——皇太后主催の茶会は滞りがありまくって、散会となった。


カノンは皇太后の居城の一室に通された。

トゥーラン皇国の皇帝、ルーカスは中性的な容姿の騎士と、いつかあったシュートを背後に控えさせ、カノンの真向かいに座ると、死んだ魚の目をしているカノンをしげしげと眺め、つまり、と話し始めた。

「——俺《おれ》は、公務に疲れて図書館にたびたび息抜きに出かけていた。髪と瞳の色を変えて、な。そこでカノン・エッカルトと出会い、親交を深め……ともに作業を行い、恋に落ちたわけだ。そして奥ゆかしい俺は密《ひそ》かに姫君にドレスと希少な毛皮を贈り、それを上司からの善意だと勘違いした姫君はドレスと毛皮を纏って皇太后主催の茶会に現れ、居並ぶ令嬢達に披露した。と。

皇太后はなかなか特定の相手をつくらない孫の恋人に歓喜して終始上機嫌で茶会は滞りなく終了した……と」

立て板に水。淀《よど》みなく言い切った皇帝は長い足を組み直すとカノンを促した。

「ここまでがこの一か月、そして本日俺と姫君の間に起こった出来事だが、補足があるか？」

カノンはさすがに頬を引きつらせて、勢いよく立ち上がった。

補足どころの話ではない。

「お言葉ですが、陛下！」

「うん？」

うん？　じゃねえ。と突っ込みたいのを堪《こら》え、拳《こぶし》を握りしめながら問い詰める。

「……いつ、どこで、誰が、誰と恋に落ちたのでしょうか」

「この一か月、図書館で、俺とカノン・エッカルトが運命的にそうなったな」

「存じ上げませんっ！　誤解ですっ！　私はどこにも落ちていませんっ！　濡《ぬ》れ衣《ぎぬ》です、潔白です」

皇帝はふうん、と面白そうに目を細めた。

トン、と机を指が叩く。

「――つまりは、姫君は俺が嘘をついていると、そう言いたいわけだな？」

無駄にいい声ですごまれてカノンはうっと動きを止めた。

「……疑われるのは悲しいものだ」

ルーカスはわざとらしくこめかみを押さえる。

トゥーラン皇国は皇帝主権の独裁国家。

皇帝の言葉は神の言葉に等しく、絶対だ。

それに逆らうのは……。

わなわなと震えたカノンがルカ……いいや、ルーカスの背後のシュートを見ると、彼は申し訳なさそうに視線を逸《そ》らしたが、背後からそっと意見を述べた。

「陛下、これではあまりにも……エッカルト嬢がお気の毒です」

部下の助言に薄く、ルーカスは笑う。

どうやら機嫌が悪いわけではないらしい、と判断してカノンはため息をつきつつ、再びソファに身を沈め、上機嫌の皇帝の顔を窺《うかが》う。

「陛下……冗談はここまでにして、真意をお聞かせ願えますか。あのような芝居を打ってまで、私を恋人に仕立てたい事情がおありだと推察しますが。──そういうことでしょうか?」

低い声で問えば、皇帝はくつくつと喉《のど》を鳴らした。

まるで餌《えさ》が目の前に置かれて喜ぶ虎《とら》のように、その笑顔は物騒である。

「理解が早くて助かる。──カノン・エッカルト。これは提案だが──皇帝の恋人役をやらないか。もちろん、期間限定で。報酬は弾もう」

誰が！　と思ったが……、相手は皇帝だ。話を聞かずに無碍《むげ》に断っては命が危うい。

「内容によります」

とりあえず話を聞かなければならない空気らしい、と悟ったカノンの前に再び紅茶が注がれる。

それを合図にルーカスが口を開いた。

「すでに知っているかもしれないが、タミシュ大公がルメクを訪問する」

それは先ほどジェジエに聞いた。

タミシュ大公の公式な皇都訪問は五年ぶりのこと。

五十年の間トゥーランからタミシュ大公国に貸与されていた国境の都市を返還する。その式典と条件の交渉に来る、というのだ。

タミシュ大公は姉君を伴っての訪問。

その際皇帝の側にパートナーがいないのでは様にならない。

皇太后の侍女になっている令嬢から一人を選ぶ、と元々はそういう計画だったらしい。

「本来は、タミシュ大公国出身の令嬢と共に彼を迎えるはずだった」

ヘレネのことだろうかとカノンは皇帝を見返した。しかし、彼女は不在で……それならば、他《ほか》の侍女から相手を選ばねばならない……。

七人の侍女のうち、正妃候補となっているのは二人。

トゥーランの中でも最も古い家門であるラオ侯爵令嬢ミアシャは赤毛の気の強そうな美女で、軍務大臣でもあるサフィン侯爵の令嬢ジョアン……こちらは淑《しと》やかな美女だ。

どっちか選べばいいじゃない勝手に、とカノンは思ったが反目する両派閥の片方の手を取るのは今は時期がよろしくない、らしい。

「さてどうするか、と思った時に——現れたのがおまえだ。カノン・エッカルト」

「……はあ」

カノンは気のない相槌《あいづち》を打つ。

「皇族の血筋で皇太后の養い子の娘。面倒な親とは縁が薄く、婚約者はいない。今は、な」

これは喧嘩《けんか》を売られているのか少し迷うところだが、皇帝が恐ろしいので沈黙する。

要するに国内の権力バランスを崩したくない皇帝にとってカノンは都合よく現れた駒《こま》だった、ということだ。不満を悟ったらしい皇帝は付け足した。

「それだけではないぞ。——姫君は悪くない選択だ。美しく、生真面目《きまじめ》で、頭も悪くない」

「お褒めにあずかり、恐悦至極に存じます、皇帝陛下」

舌打ちしたい気分で言うと、くつくつと皇帝は喉を鳴らした。

「それに、俺のことをおまえは好きではないだろう？　何せこの一か月の間図書館で逢瀬《おうせ》を重ねたというのにおまえが俺にくれたのは小言と作業の指示だ。まさか今更誰かに仕事を指示されるとは思わなかったが……」

皇帝の背後にいたシュートがえっ！　と声をあげた。カノンは目を逸らす。

……その無礼はどうか忘れてほしい……。

「そこが気に入った……女は面倒だ」

要するに、本当に皇帝を好きになる女はお呼びではない、ということなのだろう。確かに、カノンは皇帝を――ルカについても別に好きになったりはしない。もしこの皇帝に絆《ほだ》されたら、己の未来が危ういのだ。勘弁してほしい。

「陛下に利があるのは理解しました。しかし、私に何の得があるのです？　侯爵令嬢二人に睨《にら》まれてしまっては、私の皇都での立場はもはや絶望的です。ただでさえ、実家を追われたのです。これ以上肩身が狭くなるのは……」

皇帝はシュートに合図をした。

「言っただろう。まずは、姫君に爵位をやろう――カノン・エッカルト・ディ・パージル」

改まった口調で呼ばれて背筋を正してしまう。

「其方の母、イレーネ・エッカルトが持っていた爵位を返そう。今日からはカノン・エッカルト・ディ・シャント伯爵を名乗るといい」

「なっ」

提案のように見えて、これは宣言だった。

なぜならシュートが開いて見せた書類には、叙勲の宣下と皇帝の御璽《ぎょじ》が押されている。

シャント伯爵位はカノンの母、イレーネが婚姻前に持っていた爵位だ。傍系の皇族が授かる名誉爵位と言っていい。カノンは皇帝を見据えた。破格の厚遇のように見えるが、このやり口は好きになれない。——破格の報酬を先に示されては、逃げ場があまりにもないではないか。

「ありがたき幸せです、陛下。母も喜ぶでしょう。しかし……私は陛下の依頼をまだ受諾してはおりません。爵位だけいただいて、図書館に引き籠《こも》るかもしれませんが、よろしいのですか？」

怒りを覚悟しながら、ひたと見つめると意外にも皇帝は鷹揚《おうよう》に応じた。

「構わない。——その場合は俺が、実家に見捨てられた哀れな一族の娘に爵位を施しただけのことだ。喜んで施しを受けて、皇帝の寛大さに感謝するがいい」

「施し」

思わず反感を言葉に乗せると……面白がるようにルーカスの眉《まゆ》が跳ねた。

「報酬は、それだけではないぞ。姫君が役目を終えたら皇立図書館の館長職をやろう。第一、第二両方の人事権と予算をつけてやる」

カノンは思わず腰を浮かせかけた。

「姫君の案は悪くない。確かに、今のままではあそこはただの箱だ。有効活用できるという自信があるなら、三年は任せてやる。好きにせよ」

天秤《てんびん》が……大きく茶番を演じる方向に傾く。

皇帝は畳みかけた。

「好きな方を選べ。父親と元婚約者に誹謗中傷《ひぼうちゅうしょう》を垂れ流され、虚仮《こけ》にされたまま図書館に引き籠って泣くか、俺を利用して鼻を明かすか。それに……姫君のやりたいことには金と権力が必要だぞ。地道にやったら百年かかる」

どうする？　と聞かれてカノンは天井を見た。

なんなのだろう、この状況は。

皇帝の手先にならないように、と思っていたのに自らのこのこ蟻《あり》地獄の巣に近づいていたとは。間抜けが過ぎる。

蟻地獄でもがく自分の映像と同時に、脳裏に父が浮かぶ。オスカーも。同情の言葉を述べながら笑っていたシャーロットの口元も！

皇帝は恐ろしいが、これは取引だ。手先にならなければいいのだし。図書館の館長職は欲しい。カノンは半ば自棄《やけ》になり肚《はら》を決めた。皮肉な気持ちでゲームの中のカノン・エッカルトが口にしていた言葉をあえて舌に乗せる。

「臣下として陛下のお役に立てるのを喜ばしく思います。陛下」

「うん」

「なれど」

カノンが据わった目で続けると皇帝はちらりと彼女を見た。

続けろというように小首を傾げる。

「お言葉だけでは不安に思います。報酬の一覧を、署名入りでいただいても？」

「俺の言葉に信頼が置けないと？」

「不本意ながら、殿方の心変わりと裏切りには慣れております。陛下がそうでない、と確信できません。何せ、陛下と恋に落ちて日が浅いので」

ははは、とルーカスは笑い声を漏らした。カノンの憎まれ口は彼を多少なりとも楽しませたらしい。しかし、無礼な言い草にルーカスの背後にシュートと共に控えていた中性的な騎士がカノンを睨む。

「エッカルト嬢。陛下にそのような物言い、無礼でしょう」

カノンはゆっくりと騎士の方角に視線を動かし、騎士を睨《ね》めつけた。

「貴方の名は」

「……ラウルと申します、姫君」

「ではラウル卿。口をつぐみなさい。私は姫君ではなくて、シャント伯爵です。つい先ほど、陛下がそう任じられたのだから。私は貴方に直言を許していないわ」

ぴしゃりと言われ、……騎士はうっ、と言葉を呑《の》み込む。

内心で舌を出しているとルーカスはお前の負けだなラウルと笑う。

「いいだろう。カノン・エッカルト。おまえの望むままに」

立ち上がって差し出された手は握手のためかと恐るおそる伸ばすと、いきなり引き寄せられた。

「きゃっ」

バランスを崩して抱きとめられた体勢になる。

顎《あご》に指をかけられて、あ、と思う間もなく鼻の頭に口づけられた。

「……な、な、なにっ」

「威勢がいいのは好ましいが。口ばかりではなく、こういう不意打ちにも慣れておけ。姫君は今からしばらくは俺の恋人だ……あまりに可愛らしい反応では真実味が足りん」

完全に遊ばれている。

耳が熱いのを感じながらカノンは唇をぐっと噛《か》みしめた。

「……肝に銘じます。ですが、陛下。二度と言いませんので一言だけ、今だけ文句を言ってもよろしいですか」

皇帝は鷹揚に許可した。

「いいだろう、許す」

カノンは胸いっぱいに空気を吸い込んだ。

「ルカ卿の大嘘つき！　貴方なんか、だいっっきらい！」

大声で言うと、ほんの少しだけ鬱憤《うっぷん》が晴れた。

「……な」

「ひ……ぇッカルト嬢」

騎士二人は目を白黒させたが、皇帝は一瞬呆気《あっけ》に取られ、カノンをしげしげと眺め、……ひと呼吸置いてげらげらとその場で笑い崩れた。

★第四章　七つの、魔術書

翌日からカノンの周囲はにわかに忙しくなった。

礼儀作法、言葉遣い、ダンス、宮廷の主要人物を記憶すること、流行《はや》りの装飾品や平民の話題関心ごとを耳に入れること。そしてタミシュの情勢を学ぶこと。張りぼての恋人の役には詰め込まねばならない知識と身につけるべき技術が山ほどある。

そして、使っていなかった離宮は「皇帝の寵《ちょう》を受けた」姫君に開かれた。急遽《きゅうきょ》開かれたというにはカノンが過ごすのに必要なものも人員もそろっていて、用意周到《よういしゅうとう》に過ぎて、カノンは頭が痛くなった。

家庭教師をつけられて様々なことを学ぶ。そして身の回りの世話をする、という名目でカノン付きになったのは、先日ルーカスの背後に控えていたラウルだった。

カノンが皇帝と契約した翌日、ラウルはドレスを身に纏《まと》いカノンの前に現れ、頭《こうべ》を垂れた。

昨日の凛々《りり》しい騎士姿と違い、楚々《そそ》とした美しさがある。

「本日より侍女としてお仕えいたします、姫君」

カノンは目を丸くした。

「よろしくお願いします、ラウル卿。――ラウル卿は女性だったのですね」

中性的な騎士だとは思っていたが、女性だとは思わなかった。

しかし、ドレスを纏うと雰囲気ががらりと変わる。

後半は独《ひと》り言だったが、カノンよりわずかに背が高い侍女はいいえ、と首を振った。

「私は男でも女でもございません。ただ、本日よりは女とお思いください」

どういうことだろうか、と首を傾《かし》げたが本人からそれ以上の言及はない。

——色々と事情があるのかもしれない、とカノンは頷《うなず》いた。

前世でも性別のよくわからない同僚は稀《まれ》にいたものだ。個人のことにあまり立ち入っては失礼だろう、と勝手に納得する。

「わかりました」

カノンが話を切り上げるとほんの少しラウルの表情が動く。何も聞かないことを意外に思っているのかもしれない。カノンは苦笑した。

「ラウル卿、貴女《あなた》にお世話になるまえに、一ついいかしら？」

「何なりと仰せつけください」

無表情の侍女に、カノンは頭を下げた。ぎょっとラウルが身を引く。

「昨日は生意気な口をきいて、ごめんなさい」

——口をつぐみなさい、のあたりだ。

「……いいえ、そんな」

まさか、謝罪されると思わなかったらしいラウルの目が泳ぐ。

「あれは完全に八つ当たりでした。しばらくの間ですが、どうかよろしくお願いします」

ラウルはややあって、苦笑した。

ドレス姿で騎士のように膝《ひざ》をつくとカノンの手を取って口づけた。

「姫君の状況を考えれば、お腹立ちは当然のことでした。どうか、私の無礼もお許しください」

「では、仲直りということで大丈夫？」

カノンが尋ねるともちろんです、とラウルが微笑《ほほえ》むので、ほっと息をついた。

右も左もわからない場所で、側《そば》にいる人にまで意地を張って暮らしづらくすることはない。

ラウルにも手伝ってもらいながら、カノンは座学に、実学にまい進する羽目になった。

来る日も来る日もスケジュールに追われて、なんだか修行か受験勉強でもしているみたいだ。

胃が痛い、とキリキリしている。ルーカスはと言えば、毎日一度は現れて進捗《しんちょく》を確認し、カノンに質問をして――間違えると鼻で笑って去っていくので非常に腹が立つ。

つまりは恋人などと言ってもまったくそれらしい素振りもないので、たまに皇太后《こうたいごう》に招かれて茶会に参加するときには難儀した。

甘い雰囲気を出せと言われても火種がないのだ。

それにもかかわらず、ルーカスがカノンに向かって「カノンは今日も綺麗《きれい》だな」とか「美味《おい》しそうに菓子を頬張《ほおば》れるのも才能だ」とか。嘘《うそ》臭く、かつまるで愛玩《あいがん》動物を褒めるかのごとく、囁《ささや》くたびに睦言《むつごと》だと都合よく勘違いしてくれた侯爵令嬢のミアシャとジョアンには視線で殺されそうになっている。

正直言って拷問《ごうもん》だ。

「疲れた……今日も、疲れた……このまま、寝ていいかな……」

自室に戻ってソファに突っ伏すと、ラウルがそれを見とがめた。

「姫君、お行儀がよろしくありませんよ。眠るならきちんと支度をなさってください」

促されて湯浴みをし夜着に着替えると侍女姿のままのラウルが紅茶を淹《い》れてくれていた。

「スケジュールが立て込んでおられたから、無理はないかと存じますが」

ありがとう、とカノンはカップを受け取った。

「それから、義弟君からお手紙が届いておりましたよ」

「レヴィナスから？」

義弟の耳にもカノンの出世の件は届いていたらしい。手紙では型通りの祝いの言葉を述べてくれていたが、言葉の端々から困惑が窺《うかが》える。それはそうだよな、と思いつつもルーカスとの契約を漏らすことはできないので、カノンもできる限り話を膨らませてルーカス様との楽しい日々、を捏造《ねつぞう》するしかなかった。

「義弟君と仲がよろしいんですね？」

「そうでもないわ。家族の中では唯一まし、というだけ」

ラウルが苦笑しつつ紅茶を替えてくれる。

スケジュールがタイトなのもきつい原因だが、今日はミアシャとジョアンからの笑顔のさや当てに疲れた。勘のいい令嬢達はいかにルーカスがカノンを恋人と呼ぼうともおかしい、と感じ始めているのだろう。甘い雰囲気が出せているとは言い難い。

カノン・エッカルトは演技が下手《へた》だな、とルーカスが笑っていたのも腹が立つ。

「……そもそも、正妃に決定するわけでもなし、今回に限り、ミアシャ嬢かジョアン嬢をパートナーに選んでもよかったのでは？」

宮廷内のバランスはあれど、そこまでこだわることだろうか、と少しばかり疑問である。

それに、ルーカスの令嬢達を見る視線はひどく冷たい。愛想よく微笑むものの隣にいるカノンには彼の視線が冷たいのがわかるし、彼女達の会話には当たり障りのない言葉しか返さない。

それも皇太后の手前、最低限に見える。

カノンのぼやきに、ラウルは給仕する手を止めた。

「実は、もう一つ理由があるのです」

「理由？」

「実は皇太后陛下の侍女は、今は六名ですが、本当はあと一人ご令嬢がいらっしゃって」

カノンは、あ、と声を漏らした。

「ヘレネ様のことよね？　私も皇宮に来た時にご挨拶《あいさつ》したわ。ヘレネ様はタミシュ大公国の出身ですものね。彼女が一番、陛下のパートナーにふさわしいでしょう」

カノンに優しい言葉をかけてくれた、感じのいい令嬢だった。そのヘレネが事情があって今度の式典には参加できないから、その代理がカノンなのだ。

はい、とラウルが頷く。

「公にはされていませんが、ヘレネ様は毒を盛られて、今はご静養中なのです」

「……毒？」

それは穏やかではない。

その異変は、皇帝が数日王都を留守にした時に起こったのです、とラウルは説明する。

「カノン様が図書館に赴任されて間もなくのことです。ミアシャ様のご実家から珍しい茶が届きました。高地にある樹齢三百年近くの茶木からとれた希少な茶葉です。ミアシャ様は、他《ほか》のご令嬢達にお分けになりました」

ラオ侯爵家は交易も手広く行っている。ミアシャが珍しいものを仕入れて他の侍女達に贈るのは以前からよくあったことで、表向き仲の良いジョアンにも茶葉は届けられた。

その日、たまたまジョアンの部屋に呼ばれていたヘレネは彼女に茶を勧められ、なんの警戒もなく菓子と共に口にして……一分も経《た》たないうちに苦しみだし、倒れた。

ただちに侍医が呼ばれ救命措置が取られてヘレネは一命をとりとめたが、今も病床についていて完全に意識を取り戻してはいないのだという。

「茶を贈ったのはミアシャ様のご実家。すぐに事情を聞かれたのですが……」

ミアシャは、自分は知らないと否定したという。

そしてジョアンの元にあった茶葉にも毒が仕込まれていた。

ラオ家は自分を殺すつもりだったのか、とジョアンは怒り狂い、ミアシャも同様にこれは自分を陥れようとしている罠《わな》だと主張した。ミアシャに贈られた荷に元々茶葉は含まれておらず、皇宮内で紛れ込んだ可能性が高いことが判明したためだ。

「もちろん、皇宮の手落ちです。——誰《だれ》を狙《ねら》ったかもわかりません」

ミアシャの自演とも取れるし、ジョアンのたくらみかもしれない——。皇太后や皇帝が口にした可能性もあった。……検疫《けんえき》の責任者は処罰され、そして犯人が特定できない以上は誰の手も取れない、ということなのだった。

「……ヘレネ様は」

「快癒《かいゆ》なさるよう、手厚い看病をさせていただいております」

二か月経っても病床についたままなのだから重篤《じゅうとく》なのだろう。

彼女は一度しか会ったことはないが、朗らかな少女だった。それが、と思うと——なんとも言えない苦みが胸の奥から湧《わ》く。手元の茶も急速に味がわからなくなりそうだ。

ラウルが少し慌てた。

「ご安心ください、姫君にお出しするものはすべて食材から私共が管理しておりますし、私が毒見をしております」

「えっ……」

カノンは声を失った。

ラウルが警護をしてくれているのは知っていたが、毒見の件までは知らなかった。

「それではラウルが危険なのでは……?」

「私は少々特殊な体質で、毒が非常に効きづらいのです。ご心配には及びません」

──効かないからといって痛みはあるだろうし、毒を好きこのんで浴びたい人間はいないだろう。カノンは複雑な面持《おもも》ちで涼しい顔の侍女を眺める。

「……だからと言って、無理をしないでね、ラウル」

ラウルは一礼して部屋を辞す。

釈然としないまま就寝することにし、カノンは目を閉じた。……報酬につられ、さらには勢いで引き受けた恋人役だが、何やら厄介な事情もついてきているようだ。

うつらうつらする中で、夢の中でヘレネと出会った。

『やっぱり図書館は退屈！　本なんて大嫌いよ』

と彼女は笑う。カノンは躍起になってヘレネの好きそうな本を探す。

カノンの職場は第一図書館だが、ヘレネとともに足を踏み入れたのはもっと奥──第二図書館にいるのだとわかる。左右入れ違いに続く階段、壁一面の本棚、まるで迷宮のように入るものを振りわける構造。

なぜかはわからないが――カノンはここに来たことがあった。

『貴女に合う本がきっとあるはずよ。探して見せるわ』

『本当かしら？　ねえ、ここにはどんな本があるの……なんだか、ここ暗いわ』

カノンはヘレネの問いかけに応《こた》えようと図書館の奥へ奥へと進む。

柱の陰になった場所に階段があり、半地下の部屋を見つけた。

広くない部屋にはぽつんと棚があり、そこに並ぶ黒い背表紙の本が七冊ある。

『ヘレネ、この本はどうかしら』

『いいと思うわ。それには貴女が知るべきことが書いてあるの、ちゃんと読まなきゃ』

『私が？　それはどういう――』

疑問を口にしたところで、朝が来て。

目が、覚めた。


「そのような大欠伸《あくび》をなさるとは、カノン様は歴史の講義はお嫌いですか？」

老獪《ろうかい》な家庭教師にニッコリと微笑まれカノンはう、と固まった。

夢見が悪く眠りが浅かったせいか、今日はどうにも眠気が取れない。ルーカスがカノンにつけてくれた家庭教師の中でも一番年配の学者は嘆かわしい、と首を振った。

「申し訳ありません、先生」

「そう怒るな。毎日座学では、飽きもするだろう」

「……陛下！」

家庭教師が立ち上がり、カノンもそれに倣《なら》う。

数日ぶりに会う恋人はにこりと極上の笑顔でカノンを見た。

「男爵。カノンにたまには息抜きをさせてやりたい。連れ出しても構わないか」

「もちろんでございます。お二人でごゆっくりなさいませ」

どうやら、ルーカスはカノンに何やら用があるらしい。

手を差し出されたので大人《おとな》しく握り返す。再び、にこ、と微笑まれたので負けじとそれを返す。家庭教師が仲睦《むつ》まじいことですなとかなんとか感想を述べているので、傍目には多少恋人らしく見えているとよいのだが、とカノンは考え込んだ。

「ヘレネ嬢のことを聞いたらしいな」

廊下に出ると、ルーカスが切り出す。カノンが視線を上げると緋《ひ》色の瞳《ひとみ》がカノンを窺う。

「ラウルから報告があった。話を聞いた姫君がどうも眠れなかったようだ、とな」

ラウルはひっそりと心配してくれていたようだ。

「ヘレネのことを意図的に黙っておいたつもりではなかったが、不安に思わせたのなら悪かった。姫君の周囲に危険はない。安心していい」

「それは、不安に思ってはおりません、陛下。ただ、妙な夢を見ただけです。本当に」

「ラウルにもそう言ってやれ。ずいぶん気に病んでいたようだ」

珍しくルーカスの口調も優しい。

「今日は家庭教師達には休むように伝えておく。姫君も息抜きをするといい」

「本当ですか、陛下！　ありがとうございます」

実を言えば座学のやりすぎで、疲れてはいたのだ。

「ちょうどいい、俺《おれ》も姫君の息抜きに付き合おう」

「えっ……それなら一人が」

いいな、と本音を口にしかけたカノンは「ん？」と眉間《みけん》に皺《しわ》を寄せたルーカスに睨《にら》まれ視線で黙らされた。

せっかくの好意を無碍《むげ》にしたのは申し訳なかったが、ルーカスと一緒では気が休まらない。

「ありがとうございますぅ……」

「……カノン・エッカルト。我々の関係はなんだったかな？」

「……仲睦まじい、恋人同士だったかと、陛下」

偽の、と付け加えるとルーカスは半眼になった。

「ならば、もう少し歩み寄れ。どう考えても、ミアシャやジョアンは我々の関係に納得していないぞ」

デスヨネとカノンも頷く。

「努力いたしますので、ご指導を、よろしくおねがいします」

「言葉だけは殊勝だな。どこへ行きたい？」

ルーカスと並んで歩くと使用人達が慌てて廊下によける。

「図書館へ」

「……好きだな」

「もともと、図書館で働くためにここへ来たのですから！　もう一月も職場に行っておりません。ゾーイ館長にも挨拶していませんし」

――ルーカスと共に騙《だま》してくれた嫌味くらいは言っておきたい、とカノンは口を曲げた。

「そして、お許しくださるなら第二図書館へ行っても？」

希書が多い第二図書館への入館は、皇宮の許可が必要だ。

ルーカスは許可しよう、と頷いてカノンの手を取った。皇宮の門の方向とは反対方向に歩いていく。どこへ行くのかと思ったら、ルーカスの自室だった。

「陛下、お帰りなさいませ……姫君も！」

シュートが両手いっぱいに書類を抱えたまま慌てて姿勢を正す。

「お戻りいただいたのですね、陛下。ご裁可いただきたい事柄が――」

「却下だ。俺は忙しい。シュート、下読みをしておけ」

シュートが一瞬血を吐きそうな表情をしたのは間違いではないだろう。シュートは穏やかそうな外見とは裏腹に、皇帝の側近の中で一番腕が立つのだと聞いた。

さらに秘書としても優秀なせいで、皇帝にこき使われて、いつ見ても胃が痛そうだ。

可哀《かわい》そうに、と同情しているとルーカスはシュートを見捨ててずかずかと自室を進む。

手招かれたカノンは彼に小走りに寄った。

「陛下、図書館へ行くのではなかったのですか？」

壁に埋め込まれた全身鏡の前に立ったルーカスはニッと笑い、掌《てのひら》を当てる。

とぅぷん、と。水面に手を浸したかのように、鏡の中に手が呑《の》まれていく。

「……転移の鏡ですか」

トゥーランの国には様々な魔法がある。多くは魔術書や道具を介在するが、ある特定の場所同士を繋《つな》ぐ魔術が存在する。鏡を使った転移魔法だ。

「行くぞ」

答えを待たずにルーカスがカノンの手を引く。鏡の自分と目が合う。ぶつかる、と恐怖を覚えたが、鏡に当たる衝撃は来なかった。

代わりに暖かな何かが体を包む。水の中を行くというより、何かの凝《こご》りのようなものに呑まれて浮遊し、一瞬後に吐き出されるような不思議な感覚があった。

「着いた」

言われて見上げれば——眼前、一面に広がる壁には本が敷き詰められていた。

天井まである本を取りに行くために、階段がジグザグと細切《こまぎ》れに橋渡しされ、白い服に身を包んだ職員達が何人か黙々と働いている。

初めて足を踏み入れた。第二図書館だ。

「すごい……！」

両手を胸の前に組んで思わず歓声をあげ、慌てて呑み込む。

静かに、と言うようにルーカスが人差し指を唇に当てたので、コクコクと頷き、深呼吸をしてから足を、一歩、踏み出す。

ああ、——一か所に、こんなにも本があり——整然と並ぶ光景を初めて目の当たりにしたのではないだろうか。

ふらふらと、すぐ側にあった本棚に近づく。一冊を手に取れば、それは国教会聖書のようだった。信仰心は薄いカノンだが、その装丁《そうてい》がいかに素晴らしいものかはわかる。

手に取って指が震える。

「こっこれは……」

「どうした、カノン・エッカルト」

どうしたどころではない！　とカノンは息を吸い込んだ。

「こ、これは雷帝文書ですよッ……！」

背表紙に皇帝しか許されないドラゴンの印章が金箔《きんぱく》で刻まれている。

「それがどうした？」

「ど、どうしたって⁉　五百年前、トゥーランの第三代皇帝が帝国をならし、国教を定めたときに記念として作らせた聖書ですよ……。それまで各地に散らばっていた教義や文言の表現のこれで決めたという！　あの！　ああ、本物が見られるなんて……」

「それは……俺の先祖が作ったものだからな、図書館にはあるだろう。何冊か」

素っ気ない言葉に、なんて贅沢《ぜいたく》な、とカノンは本を抱きしめた。この古代の本は子牛の革をなめして冊子にしたと言われていたがどうやら本当らしい。柔らかな手触りにカノンはうっとりと目を閉じた。

「ああ……五百年も経つというのに流麗な文字がそのまま読めるなんて！　没食子《もっしょくし》インクを使っているんですね」

染料インクの一種で木の虫こぶから抽出された溶液を加工したものだ。

「これは！　タミシュ大公国の古語辞典ですよ……ああ、表紙の装丁が素晴らしい。表紙の模様はすべて金です……この彩色技術はもう、大公国にさえ残っていないそうです」

小さな声で早口で言い募ったカノンをルーカスは呆《あき》れ顔で見た。

「……ずいぶんと嬉《うれ》しそうだな、姫君。俺がドレスを山と贈った時の、百倍はにやけている」

カノンは我に返る。コホンと咳《せき》払いをした。

「申し訳ありません、つい……我慢しきれず……」

ルーカスは肩を竦《すく》めた。

「未来の図書館館長としては正しいな。――さて、俺は図書館の現館長と話をしてくる」

「では、私もご挨拶を？」

ひょっとしたら、私は数か月後にはその座を奪う女になるかもしれないけどね……と若干罪悪感を覚えつつ申し出ると、いや、とルーカスは手を振った。

「姫君の図書館への熱意はよくわかった。邪魔はしないから羽を伸ばすといい」

おや、なんと話がわかる雇用主だろうか！

カノンはちょっとだけルーカスへの好感度を上げた。

手を振って彼の背中を見送り、じゃあ、探検をしよう、と浮かれながら図書館を歩く。

古代語で記された聖書、歴代皇帝や皇族達の編纂《へんさん》した刺繍《ししゅう》、各時代の言葉で書かれた文芸作品の初版。なるほど第一図書館に置くことがはばかられるような希書がそろっている。

それらを堪能《たんのう》して探索していたカノンは、ふと昨日の奇妙な夢を思い出した。

「まさか、本当にあんな地下室が……」

あるわけないわ、と思ってあたりを見回すが、もちろんそんな地下へ続く階段などない。

「……ヘレネ嬢に詩集をもって見舞いに行ったら迷惑かな」

気に入りそうな詩集でも探してみよう、と階段に視線をやる。職員に尋ねよう、と思ってふと何かが視界の端で光る。

鏡だわ、と思って近づき覗《のぞ》き込みカノンは奇妙なことに気づいた。

カノンはその鏡に映っているものの、背景が――違う。

「ひょっとして、これも転移の魔術が？」

危険かもと頭のどこかで警鐘が鳴らされたが好奇心に勝てずにカノンは鏡に指を添えた。

途端に、まるで左右上下がひっくり返るような衝撃が体を襲う。

「キャッ――」

カノンは尻《しり》もちをついた。痛い、と呻《うめ》きながら目を開けた先の光景には覚えがあった。

夢で見たのと同じく、小さな暗い部屋にいて、古い本棚があった。

「……ここは、何？」

困惑して本棚を凝視する。

本棚には、黒い背表紙の本が、七冊、無造作に置かれていた。

「閉じ込められた？　……陛下、ルーカス様っ！　ルカ卿ッ！　聞こえますか！」

ルーカスの名を叫んでみるものの、反応はない。

どうしよう、とカノンは立ち尽くした。

妙な魔術道具に触れて、変な術を発動させてしまったらしい。しまった、とあたりを見回す。

まるで書斎のようながらんとした部屋には木の椅子《いす》と机がぽつんと置かれていた。

机の上には素っ気なく羽根ペンが置かれているが筆記用具などはない。

ひょっとして七冊の本がメモ帳代わりなのかしらと手に取ろうとして、カノンはその本が妙なことに気づいた。

魔力のある者にしか感じられないだろうわずかな波動がある。

「魔術書、なのかしら。七冊すべて……?」

魔術書は、魔力を込めた特別な書物だ。魔力を持ったものにしか読めないし、そのタイトルを読み手が明かせなければ反応しない。

よく見れば、そのうち三冊は背表紙に黒字の古代語でタイトルが刻まれている。

カノンが手を伸ばすとそのうちの一冊が淡く光り始めた。

「どんな術が込められた魔術書なんだろう?」

得体の知れない部屋で本を開くのは危険かもしれない、しかし、なぜか抗《あらが》えないものを感じてカノンは魔術書に手を伸ばす。指で背表紙をなぞるとカノンの動きに呼応して金色の文字が空中に踊って、背表紙に張り付いた。

カノンはそのタイトルをいつものように舌に乗せかけ……、動きを止めた。

「……。『傲慢《ごうまん》なる　オスカー・フォン・ディアドラ』」

それはカノンの元、婚約者の名前。そして「傲慢」は彼がゲーム「虹色《にじ》プリンセス」の中で背負っていた業だ。

……夢でも見ているのか。なんだろうか、この魔術書は……カノンは本を呆然《ぼうぜん》と眺めながら、唐突に思い出していた。第二図書館。カノン・エッカルトは足を踏み入れたことはない。だが、なぜか既視感があった。

それも、そのはずだ。

「ゲームで通っていた建物で、セーブデータが確認できる部屋じゃないの……」

だから見たことがあったんだ、と気づく。この部屋はヒロイン・シャーロットが図書館で休憩する小部屋とそっくりではないか！

ヒロイン、シャーロットは七つの罪を背負うそれぞれのキャラクター陣の傷を癒《いや》して攻略を進めていく。攻略の履歴はこの小部屋に置かれた魔術書に顛末《てんまつ》が刻まれるのだ。

呆然とするカノンの目の前でくるくると魔術書は舞い、カノンに構わず勝手にページが開かれた。

傲慢なる　オスカー・フォン・ディアドラは、侯爵家の嫡男として生まれた。

しかし彼は生来な傲慢な気質から、誰かを心から親しく思い、愛することができなかった。

彼の傲慢という性質の根源は、実母の身分の低さが所以《ゆえん》となっている。

文字が示す情報に、カノンは固まった。

それによれば彼は侯爵と愛人の間に生まれた私生児で、そうと知られぬよう侯爵夫人に引き取られたのだという。彼女が産んだ実子として。

オスカーに、そういう設定があっただろうか。あったかもしれない。

しかし、オスカー自体が興味のあるキャラではなかったので曖昧《あいまい》にしか覚えていない。カノンになってからは、とにかく彼の恨みを買って（庭に）埋められないようにすることだけが命題で、よくよく知り合おうとはしていなかった。

カノンの思考は置いてけぼりにされて「オスカー」の事情が脳内に流れこんでくる。

彼は、身分の低さゆえに追放された実母のことがトラウマで、自己を低く見られぬように、傲慢に、完璧《かんぺき》な人間であるかのように振る舞うしかなかった。

パージル伯爵家の長女、カノン・エッカルトはいつも彼を遠巻きにした。

――映像が流れる。よそよそしいカノン。それとは対照的に明るく優しく、彼を癒し優しく接してくれたのは浮かび上がったオスカーの幸せそうな顔と微笑む美しいシャーロットだ。

シャーロットとオスカーは、婚約し、これからも幸せに暮らすだろう。

おそらく。

「エンド」の文字が出て、魔術書は閉じられた。

背表紙には「傲慢なる　オスカー・フォン・ディアドラ」と刻まれたままだ。魔力が感じられずに、まるで普通の本のようになっている。

パラパラとめくると、いま上映された内容が小説のように記されているではないか。

カノンがオスカーによそよそしかったのは彼を好きではなかったからだし、下手に刺激すると庭に埋められそうだったからなのだが……。ひょっとしてカノンが生まれを馬鹿《ばか》にしていたと勘違いさせていたのだとしたら……。

「悪いことをしたかもしれないわ。でも、この本……オスカーが、シャーロットとエンディングを迎えたから無事に、解決されたの？」

他の本は、と六冊の魔術書を手に取る。

魔術書のうち四冊はカノンが触れても全く反応しない。

開くこともできない。まるで彫刻を握っているかのようだ。

残りの二冊は、『嫉妬《しっと》』『憤怒』と記載されている。

義弟のレヴィナスと……ルーカスだ。

恐るおそるレヴィナスの本を開くと、またくるくると映像が現れる。しかし、それも一瞬のことで、映像が途切れる。代わりに眼前に字幕が躍り出た。

レヴィナス・アグ・ディ・パージルはパージル家の爵位を狙いつつ、今は平穏に暮らしている。

義兄と義妹の幸福を横目に……。

「え。レヴィナス、なんかたくらんでいるの？　怖……！」

時系列的に、オスカーとシャーロットが婚約した後の話だ。

カノンを皇都まで送ってくれたレヴィナスは好青年そのものだったのだが。あの人畜無害《じんちくむがい》な表情の下で、なにか鬱屈《うっくつ》したものを抱えていたのだとしたら恐ろしい。

「……レヴィは、バッドエンドだとどうなったんだっけ」

カノンは記憶をたどった。

確か、レヴィナスが闇落《やみ》ちすると、パージル伯爵家の伝手《つて》を使って交易で荒稼ぎし、まずいものを密売か何かして捕まっていた気がする……。

「ろ、ろくでもないわね……」

レヴィナスが何かしたら、カノンにも累《るい》が及ぶ。平穏のためには義弟をどこかで止めないといけないんじゃないかな……と遠い目をする。

そして、もう一冊の「憤怒」はルーカスの書だ。

本を開こうとしたが、タイトルはあるのに、びくともしない。

無理に開こうとするが……本に拒絶されているようだ。

諦《あきら》めてカノンはため息をついた。

ルーカスはシャーロットと親しくしていないから、何も書かれてはいないのかもしれない。

それなりに時間も経ったしそろそろ外に出られないだろうか。というか、そもそもここからきちんと出られるのだろうか。

カノンは元来た扉に手を当てる。

転移門をくぐったかのような浮遊感があり、一瞬あとにはカノンは第二図書館の、先ほどの鏡の前にいた。

「押し出された……」

再び鏡に触れても今度はあの小部屋には戻れない——。

手の中に一冊残った「憤怒」の書を呆然と抱きながらカノンは鏡を覗き込んだ。

先ほどの部屋の魔術書は、一体……どういうことなんだろう。

虹色プリンセス。

ゲーム内では攻略対象の原罪を放置しておくと彼らの闇が加速して、トゥーランは窮地《きゅうち》に陥る。ゲームの中では一人ひとりの闇をシャーロットが癒していたが、この世界にはシャーロットはひとり。しかもシャーロットがオスカーを「攻略」してしまった以上、他の攻略対象は放置になるのではないだろうか……。

そしてあの部屋は、どうも……ゲーム内のセーブ場面に似ていた。

ひょっとして、あそこには攻略対象全員の現状が書いてあるのか……。

「カノン・エッカルト」

「はい！」

背後からのルーカスの声にカノンは勢いよく振り返った。

「そろそろ戻るが、借りたいものはそれだけか？」

用事が済んだらしいルーカスに聞かれカノンは慌てていくつかの本を選ぶ。運んでやる、とルーカスが指を動かすと本は虚空《こくう》に消えた。

「……魔法ですか」

「そうだが。ああ、姫君の前では使ったことがなかったか？」

そういえばこの人は剣術も魔術も使いこなすチートキャラだったんだなとカノンは思い出した。独裁とはいえ、若くして政務を完璧にこなす皇帝なのだ。

ゲームのカノンや騎士達が心酔するのも無理はない。

「陛下は、……便利ですね」

つい感心して漏れてしまった本音にルーカスが半眼になる。

「人を道具のように……。他に感想はないのか、おまえは」

「いえ、冗談です」

カノンは咳払いをした。

「第二図書館に連れてきてくださって、ありがとうございました。――息抜きができました」

転移門を使って皇帝の執務室に戻ると、侍女姿のラウルが控えていた。

「お帰りなさいませ。ご気分は晴れましたか？」

「ラウル！　心配かけてごめんね」

「とんでもございません。姫君、喉《のど》は渇いておられませんか」

「少しだけ」

申告するとラウルが笑顔で茶を淹れてくれる。それを飲みながらどんな本を読んだのか、と聞かれたので小部屋に行く前に見た様々なものを報告すると、ルーカスはうん、と頷いた。

「また行きたいなら転移門を使うといい。俺が不在の場合でも構わない」

「……よろしいのですか？」

ルーカスが不在の時に部屋を訪れるというのは少々気を使うのだが、シュートが手配しておきます、と請け負った。

「姫君は未来の館長なのだろう。よく視察するんだな。それに馬車で行くより安全だろう。ただし、必ずラウルを伴え」

ヘレネの件もあったし、カノンも安全を期して、ということだろう。

カノンは素直に従うことにした。

「もっとも、図書館を訪問する暇が取れれば、の話だがな」

「と、おっしゃいますと？」

ルーカスはシュートから紙を受け取るとカノンに渡した。

「タミシュ大公の歓迎式典のスケジュールが決まった。準備をしておけ」

彼が滞在する半月あまり、目まぐるしい式典の数々に喉から呻き声が漏れそうになる。

しかし、報酬を餌《えさ》につられたのだから心します、とカノンは頷く。

「式典前にはやってきて、皇太后主催の夜会に参加して顔見せするようだがな」

「夜会、ですか」

「皇太后の生誕を祝う会だ。――もちろん、俺のエスコートで」

寵姫《ちょうき》カノン・エッカルトのお披露目のようなものだ。さぞや衆目を集めるだろう。

そこで列席する貴族達に少なくともカノンが「皇帝の寵を受けている」と感じさせなければこの取引自体、失敗だ。

ルーカスがじっとカノンを見る。

「どうかしましたか、陛下」

「皇太后は公平な方だ。好悪の感情はあれど、貴族達を平等に扱う」

「存じております」

「パージル卿や、ディアドラも来るぞ」

カノンは父と元婚約者の名前を聞いてしばらく固まった。――どういう対応をすべきか、考えておかねばならないだろう。

「欠席するように仕向けるか？」

とカノンは呆れて皇帝を見た。

「仕向ける……って……物騒な物言いをなさらないでください、陛下」

伯爵である父はともかく、名門であるディアドラ侯爵家を敵には回せないだろう。

「父が来るならば、再会を楽しみにしています。――私の現在を祝福してくれるならば、笑顔を返すくらいはできるでしょうし。オスカーとは楽しく世間話をしますよ」

いつも、そうしてきた。

オスカーの無神経さも、今後の自分の人生に関わりがない今ではやり過ごせる。

父が皮肉を振りかざしてカノンを意図的に傷つけたときであっても、冷静に笑うようにつとめてきた。もはや自分はパージルの名前すら名乗っていない。不快に思うことさえない。

皇帝は何か言いたげにカノンを見たがつまらなそうにため息をついた。

「姫君がそう望むなら、口出しはしない」

——ルーカスの威光を借りて父に恥をかかせることはできるかもしれないが。それは、カノンの望むところではない。復讐《ふくしゅう》よりも、無関心でいたいのだ、父には。

カノンはそっとため息を落とした。


翌日からはまた、忙しいながらも平穏な日々が続いた。

さすがに詰め込みすぎだ、と配慮されたのか、カノンは五日に一度休みをもらえるようになったので、休日の朝はいつもより一時間長く寝て、すっきりと起き上がった。

着替えて朝食をとり終えて寛《くつろ》いでいると、ラウルが山と手紙や贈り物を持ってきた。

ここ数日、ひっきりなしだ。カノンが皇太后の生誕を祝う会に出ると知った貴族達が、こぞってご機嫌伺いをしてきているのだ。

「今日も付け届けがたくさんありますね」

「夜会へのお招きも、錚々《そうそう》たる家名ばかり」

ラウルに教えてもらいながら贈り物への礼状を書いて、夜会への招待状は保留にする。

中にはミアシャとジョアンの実家の名もある。娘を正妃にと送り込んだ両侯爵家としては皇帝がカノンをどう扱うのか実際に見て判断したいのだろう。

それと——。

「レヴィナス様と、パージル伯爵からもお手紙が」

レヴィは相変わらず筆まめで文通状態だが、父は皇太后の生誕祭に招かれてから、毎日のように手紙が届いている。

文面だけ読むと、まるで娘を心配する良き父親のようだ。そして、最後の行には必ず「たまには皇宮に自分とシャーロットを招いて息抜きをしてはどうか」と提案してある。

「伯爵は、皇太后陛下の生誕祭に、同行しようか、とのお申し出のようですよ……」

カノンのエスコートはルーカスと決まっているが、皇太后の生誕祭だから付きっ切りというわけにもいかないだろう。

どうしますか？　とラウルに問われカノンは渋面になった。

「父上は、筆まめだったのね。――家で暮らした十八年よりも、この数か月でいただいた言葉の方が、多くなったかも」

愚痴ると、ラウルは複雑な顔をした。父からの心の籠《こも》った手紙をテーブルの上に置く。

そしてレヴィナスからの手紙に目を落とす。ご機嫌伺い――皇宮に行く用事があったので寄ってもいいか、との質問だった。義弟を招く手はずを整えてもらうように依頼し、カノンは寝室の側においてある魔術書に視線をやった。

「憤怒」の魔術書を図書館から持ってきたものの、あれ以来本の背表紙に文字が浮かぶことも、開かれることもない。

レヴィナスの「嫉妬」の本は第二図書館に放置してきたが、気になる続き方をしていた。

――パージル伯爵の爵位を狙っている。

そう記載されていなかったか。

レヴィナスは闇落ちすると、不正な交易を行い、それがばれて窮地に陥るはずだ。

「爵位を狙うのは自由だけど、義弟が犯罪者になるのは望ましくないような……」

それに、伯爵家を出る直前から、彼には親切にしてもらっている恩義もある。

「伯爵には何も連絡しないでいいわ。レヴィナスには会う。……皇太后様の生誕祭へ、弟を呼んでも問題ないかな？」

ラウルは手配いたします、と粛々《しゅくしゅく》と答えた。


「――皇宮の庭の散策を許されるとは思いませんでした、義姉上」

翌日、レヴィナスは指定した時刻きっかりに現れた。珍しい南方の大きな真珠を誂《あつら》えた髪飾りを「手土産《みやげ》です」と涼しい顔で持参している。

カノンは見事な金色に目を細める。金真珠はここ数年でとれるようになった、南部の新たな特産品だ。南方でもこの大きさの真珠は滅多に手に入らないだろう。

「外へ出ましょう」

客間に現れるなり、カノンが笑顔で誘うと、レヴィナスは喜んでと人懐こい笑みを浮かべた。

腕を組んで笑顔で会話をしつつ庭を散策すれば、皇宮の要人や使用人がこちらを窺っているのがわかる。

ルーカスが「恋人だ」と宣言して以来、なかば離宮に軟禁されていた「姫君」が笑顔で散策しているのだ。興味を引くのも無理ないだろう。

「――義姉上の輝くような笑顔を、初めて拝見しました」

レヴィナスこそ満面の笑みをはりつけているが――先に会話を始めた。

「無理ないでしょう？　数か月ぶりに弟に会えたのだもの。はしゃいでいるのよ」

「仲のいい姉弟ですからね、我々は」

「……そうなの？」

カノンが尋ねると、レヴィナスは苦笑した。

「というのがもっぱらの噂《うわさ》です」

意図的に人目に付く四阿《あずまや》に対面で座ってカノンが聞くと、レヴィナスはええ、と苦笑する。

「義姉上がこうなったおかげで、僕の周囲もずいぶんと華やかですよ……」

「華やか？」

「具体的に言うと、友人と縁談が増えました。今まで廃嫡寸前の伯爵家の厄介な養子……と詰《なじ》られてきたのですが」

レヴィナスが真新しい手袋でおおわれた掌をくるり、と返す。

上等な手袋に、ははあ、とカノンも頷いた。

「しかし、本当に皇帝陛下の寵姫になられるとは、驚きました。お喜び申し上げます」

レヴィナスの視線に疑いの色が混じる。カノンはそれを笑顔で躱《かわ》した。

「レヴィナスの言った通りになったわね。貴方《あなた》には先見の明がある」

カノンは先ほどレヴィナスからもらった真珠の飾りを出した。

「――こんな高価なものをもらうわけにはいかないわ。学生なのに、無理をしないで」

レヴィナスは微笑む。

「学生の間で投資が流行っているんです。僕も新しい友人の勧めで少額を投資して、それで最近は少し儲《もう》けましたので懐が暖かいんですよ」

数か月前、ガラスペンとインクを買うのがやっとだと言った青年とは思えない。

カノンはにこりと微笑んだ。

「それでもこの真珠は見事すぎるわ。――南方の黄金真珠は、大きさによっては持ち出すのには特別な許可が必要。乱獲で数が減って、今は制限がかけられているし、南部貴族はあいつぐ密輸に頭を痛めている。学生がその許可証を取得できたとは思えない。これをくれた人は、信用できる人なの？」

レヴィナスは口をつぐんだ。

「私が貴方からの贈り物を喜んで髪に飾ったら、皇宮では陰口を叩かれるわわね。物知らずな姫君は、皇帝陛下の威光を借りて密輸品を身につけているのでは、と。どうしましょう？」

真珠すべてが、密輸品ではないだろうが、今は時期が悪すぎる。

レヴィナスは肩を竦めて――真顔に戻った。

「宝飾品には疎《うと》いのでそんなに高価なものだとは知りませんでした。僕も――」

まっすぐにカノンを見て義弟は声を潜めた。

「伯爵から託されただけなので」

カノンは思わず舌打ちしそうになった。

「一応聞いておくけど。なぜ父上は私にこんな豪華な贈り物を？」

「――なぜかカノンが自分に会ってくれない、と。嘆いておられましたよ。僕が義姉上に謁見を許可されたと報せたら、せめて贈り物なり側に置いてほしいから、これを、と。父上からだと言うと受け取ってもらえないかもしれないから、僕からの贈り物と言うように、と念を押されました」

「ぼけたのかしら……」

つい漏れた本音に、レヴィナスが笑う。

父の浅はかな行動からはカノンが恥をかけばいい、という悪意しか感じない。

「義姉上は皇宮でさまざまな知見を得ておられるはず。南方の事情をご存じで、これをお渡ししても、喜ばないだろうな、と予想していました。しかし、僕は養子の身。――恩義ある伯父《おじ》には従うしかないので、渡せと言われれば渡すしかありません」

嘘臭い笑顔に、まあいいわ、とカノンは微笑んだ。

「父上にはなんと報告するの？」

「……いかがしましょうか」

レヴィナスが小首を傾げてカノンを窺う。カノンは微笑んで、話題を変えた。

低い声で言う。

「――つい最近、パージルの家名は、故あって、変えたの」

「ええ。父上から聞きました。たいそう嘆いておられましたよ」

「カノン・エッカルト・ディ・シャント伯爵――私はそう名前を変えたけれど、皇国の法律で、パージルの相続権まですべてを失ったわけじゃない」

トゥーランの爵位は男子優先、男児がいない場合は女子が相続する。

シャーロットが嫁ぐと決まった今、パージル伯爵家はレヴィナスが継ぐと思うのが一般的だろうが、あの父のことだ。シャーロットに子供ができたらそちらに譲れ、と言いかねない。財産にしたってカノンまで権利を主張したら、だいぶ目減りするだろう。

そうなればレヴィナスは一代限りの伯爵、体《てい》のいい飾りだ。

「私は欲のない人間だから、パージル伯爵家の財産は――義弟が全部継いだらいいと思うわ。貴方が継承するというなら、放棄してもいい」

貴方が爵位を継ぐのならば支持しよう、と言外に告げるとレヴィナスは苦笑した。

「父上に会ったら今日のことを報告しておいてちょうだい。無知なカノン・エッカルトは喜んで、すぐに身につけると浮かれていた、ばかみたいにね、と」

「承知しました」

レヴィナスは楽しそうですねと片頬で笑う。

カノンが伯爵家を離れたら、嫌がらせが止《や》むどころか加速していたのはルーカスに知らされて知っていたが、皇帝の寵姫になった今でも何か仕掛けてこようとするのが腹立たしい。

と、そこまでやりとりをして、カノンは「はー」と大きなため息をついた。

「どうしました?」

「や、め、たっ!」

ダン! と机を叩いて立ち上がったカノンにレヴィナスは目を丸くした。

「どうなさったんです、義姉上?」

目を丸くしたレヴィナスに手を振る。

「もう、うんざり! ——貴族的な迂遠《うえん》なやりとりには疲れたわ! 貴方はさぞや慣れているでしょうけど。まどろっこしい言い方はやめない?」

レヴィナスは、まじまじとカノンを見たが、ややあって、破顔した。

「なんと言っても私達は仲良しの義姉弟ですものね? 本音で話しましょ?」

「確かに腹の探り合いは疲れますね。――わかりました、義姉上。試すようなことをして申し訳ありません。おっしゃる通り、この真珠を父上が贈ったのは嫌がらせだと思います」

あのクソ爺、とカノンは青筋を立てながら椅子に座り直した。

「伯爵は、義姉上が皇宮でお幸せなのがよほど気に入らないように思えます……」

「昔からそう。私が母と生き写しだから。母を嫌っていた父にとっては厭《いと》わしいのかも」

「それでも娘でしょう？　貴族の考えることは、いまいち理解できないな」

レヴィナスの実父は庶子だったから平民として暮らしていた。裕福な暮らしはしていたようだが、貴族とは家族の在《あ》り方が違っていたのだろう。レヴィナスは呆れたように肩を竦めた。

「私もよ」

今の生活が幸せかは置いておいて、父がカノンの栄達《えいたつ》を気に入らないのは確かなようだ。

「父上も私も、お互い離れたところで幸せになれればいい、――と思っていたけれど、父上はどうあっても私を邪魔したいみたい」

「正直、僕は伯爵の義姉上への仕打ちを理解できません。今までの非礼について頭を下げて取り立ててもらうほうが得でしょうに」

実の娘だというのにこれほどまでに疎《うと》まれる理由はカノンにもわからない。

カノンはぼんやりと幼少期の父母を思い出した。会話のない二人だった、と。その記憶しかない……。愛していない妻の産んだ娘だから、こうも嫌うのか。

レヴィナスは真珠を手に取って眺める。

「僕も貴族的な物言いはやめましょう。率直に言います。僕は――繋ぎではなく、伯爵位を継ぎたいと思っています。ですが、伯爵は僕をいつも都合よく扱います」

――いつ、次代の伯爵という地位を奪われるか不安に思う、と義弟は打ち明けた。

「伯爵の義姉上への振る舞いも好ましく思えません。人道的な意味合いだけではなく、寵姫への仕打ちが陛下に知れたら、陛下から家全体が不興を買ってもおかしくない、と危惧《きぐ》しています。僕は、泥船に乗って溺《おぼ》れるのはごめんです」

レヴィナスはきっぱりと告げた。

「義姉上の邪魔にはならないと誓います。シャント伯爵として、僕の爵位継承を支持していただけませんか？」

「それは、構わないわ。私としても実家に背後から刺されるのはたまったものじゃないもの。その代わり、伯爵が何かおかしなことをしていたら教えてほしい」

「もちろんですよ、取引成立ですね。これはいかがいたしますか？」

真珠を示され、もらうわとカノンは微笑んだ。カノンが受け取ったと知れば父はカノンへの嫌がらせが成功とした思い込んで、嫌がらせの手を休めるだろう。

「それがよろしいかと」

澄ました表情の年下の少年に、カノンは少しだけ意地悪な質問をしてみたくなった。

「レヴィナスはシャーロットが好きだから、彼女に味方すると思っていたけれど？」

もちろん、義兄妹としての「好き」ではない。彼らは一時期、恋人同士のように親しく見えた。

オスカーが屋敷に頻繁に訪れるようになる前の、数年のことだが。

カノンの指摘にレヴィナスの表情が暗くなる。

「シャーロットは最早《もはや》オスカーと幸せになったのだから、僕まで彼女の幸せを一番に考えるのも、虚《むな》しくなりまして」

「そ、それもそうね。つまらないことを聞いてごめんなさい」

カノンは両手を小さく上げてレヴィナスを制した。

「嫉妬」の原罪持ちをこれ以上刺激するのは本意ではない。レヴィナスがカノンに同情的なのは、オスカーとシャーロットの婚約の「被害者同士」という意識があったからかもしれない。

「シャーロットはオスカー様と結婚して侯爵夫人として幸せになります。義姉上は皇宮で栄達を。僕は伯爵家が欲しい。それが三姉弟、みんな幸せになれる道ではないですか？」

少なくともカノンとレヴィナスの利害は一致する。

そろそろお暇《いとま》します、とレヴィナスが立ち上がり、二人は次の訪問の約束をして、別れた。

去っていく背中を見送り、四阿でカノンは重くため息をついた。

「ずいぶんと、楽しそうな会合だったな？」

——揶揄《やゆ》する声に斜め後ろを仰げば、ルーカスが上からカノンを覗き込んでいた。

「陛下！　いつからいらしたんですか。今日はお忙しいのでは？」

「珍しくカノン・エッカルトが客人を招くと聞いたので、見に来た。——客人は義弟か。眺めていたのは——迂遠なやり取りに疲れたところから、かな。いい啖呵《たんか》だった」

「それは……ずいぶんと早い段階から覗き見されていましたね」

「なかなか面白かった。しかし、義姉弟仲がいいんだな？」

皮肉な口調で言い、ルーカスはレヴィナスが座っていた椅子に腰かけ、カノンに手を伸ばし、前髪を弄《もてあそ》ぶ。これも恋人らしいスキンシップに慣れろ、との訓練の一環だろうか。

カノンがじっと皇帝を見返すと彼は少しだけ口の端を上げた。

「そういえば、姫君が愛用しているガラスペンは……義弟からの贈り物だとか？」

「ええ。成人の日に、家族から、唯一贈られたものです」

「……皇宮にあるものなら、何を使っても構わんが。もっと細工に優れたものもある」

「使いやすくて気に入っているんです。どうかお気遣いなく」

ふうん、とルーカスはレヴィナスが去った方向を眺めた。

「姫君が言っていた通り、真珠の髪飾りは残念ながら使えないだろう……禁制の真珠の出どころは——我が叔母《おば》かもしれんな」

ルーカスの言葉にカノンは目を剥《む》いた。

「皇女殿下？　ですか」

「叔母は、姫君の妹の母親と懇意だった。嫁ぐ前に仕えていた侍女だからな」

カノンはぽかんと口を開けた。そんな因縁があったとは知らなかった。

皇女は、俺の恋路が気になるのだろう。伝手があれば、うきうきと邪魔しに来る」

「……私はひょっとしたら、皇女殿下の陛下への嫌がらせに巻き込まれたんですか？」

「俺への細やかな嫌がらせは叔母の趣味だ。可愛《かわい》いものだから気にするな。詫《わ》び代わりに何か贈ろう。何がいい？」

趣味が悪いと半眼になりながらも、カノンはルーカスの問いに答えた。

「……そうですね。ありきたりですが紅玉はどうでしょうか、陛下の瞳の色です」

恋人の瞳の色をした宝石を身につけるのは、定番だ。

そうだな、とルーカスはしばし考え込んだが、いいや、と首を横に振った。

「赤より、翡翠《ひすい》色が姫君には似合うだろう。無理をして俺に合わせることもない」

「緋色も好きですよ？」

ルーカスの指が髪から離れる。

皇帝はなぜか今日は、触れ合い過多だ。

「しかし、禁制の真珠を贈るとはな——父親に歯向かうよう唆《そそのか》した俺が言うのもなんだが、姫君は、父親に激怒していい」

「不快ではありますが。この数年、父に対して激怒する、という気力をなくしております」

「気力」

言い方がおかしかったのか、ルーカスが笑う。

「怒り続けるのは疲れます。父に怒ってもなにかが改善することはありませんでしたし」

母が病床に臥《ふ》してから、父がカノンに対して愛情深く振る舞ったことはない。

怒りに燃えた時期もあったけれど、いまでは諦念《ていねん》に近い。妨害は排除したいが、その動機は怒りではない。怒りにも賞味期限があるのだ。

では、「憤怒」の原罪持ちの怒りはなんだろう。

脳裏に、「憤怒」と書かれた魔術書が思い浮かぶ。

「陛下は……」

「うん？」

「陛下が、お怒りになるのは——何に対してですか？」

憤怒の原罪。

それを持つ割にはルーカスの精神は常に凪《な》いでいる。

人に対する要求は厳しいし、カノンの今の状況も理不尽だが、常に怒っている人ではない。

ゲーム内では自分を裏切った叔父《おじ》に対して怒っていたが、その叔父は現在の皇国では権力をすべて奪われて皇都の外れに軟禁されている。

ルーカスは、しばし考え込んだ。

「そうだな。――愚者の愚かな行動で、俺の所有物が傷つけられるのが不愉快だ」

緋色の瞳が、スゥと細まる。

「所有物というのは……」

「この国に存在する森羅万象《しんらばんしょう》、臣民すべてだが？」

当たり前のことを聞くな、自信たっぷりに宣言され、カノンはちょっと言葉を失った。

さすがキャッチコピーが天上天下唯我独尊《てんじょうてんげゆいがどくそん》（誤用）の男なだけはある。

これは笑うところだろうか、と考えつつカノンは尋ねた。

「所有物、のヘレネ様が傷つけられたから怒っておいでなのですか」

ルーカスのミアシャとジョアンへの対応は冷ややかだった。

「それもある。それに、ヘレネは皇太后の気に入りだった。貴族令嬢には珍しい、気遣いのできる娘でな」

ミアシャとジョアンの仲が険悪になりすぎぬように立ち回っていたという。

「侍女の職を辞すというので、近衛《このえ》騎士の一人と縁づかせるはずだった。それが誰かの悪意ですべて台無しにされた。――腹が立つ。姫君も、俺の所有物なので己を粗末に扱わぬように」

「承知いたしました」

己の臣下を所有物というのはいかがなものか、な言い草だが部下を不当に扱われたことに怒っている。そう思えば彼は案外、いい上司ではある。

カノンがくすりと笑うと皇帝はところで、と眉《まゆ》をひそめた。

「いつまで俺を陛下と呼ぶつもりだ？　たいして親しくない義弟のことは愛称で呼ぶのに」

「お、恐れ多いかと……」

カノンは明後日の方向を見た。

皇帝が不機嫌にカノンの両頬を抓《つま》む。

「……はにをふるんですひゃ（何をするんですか）」

顔が伸びそうなので、やめてほしい。眉間に皺を寄せると面白い顔だなと喜ぶのでさらに皺が深くなる。

「カノン・エッカルトが嘘をつくときに視線を逸《そ》らすのはわかっている。他人行儀はそろそろやめてもらおうか」

カノンはふむ、と考え込んだ。

「では、ルーカス様？」

「もう一声欲しいところだな。以前のように気安く呼ぶと言い。ルカ、と」

あれは単に皇帝が偽名を使っていただけだと思うが。ルカ卿と呼ぶわけには行くまい。

もう自棄《やけ》だ、と思って名を呼ぶ。

「では……ルカ様？」

脳内のミアシャとジョアンから刺された気がしたが、カノンは覚悟を決めた。

「それでいい。――夜会でも首尾よくやってもらおうか」

「もちろんです、館長職がかかっておりますので、全身全霊《ぜんしんぜんれい》つとめさせていただきます」

拳《こぶし》を握りしめて宣言すると、皇帝――ルーカスは苦笑する。

「あくまで館長職目当てなのか？」

「何か不都合がありますか？　まさか、今になって約束を違《たが》えるおつもりとか？」

いいや、とルーカスはずいぶん可愛らしく小首を傾げた。

「俺目当てだと言ってもいいぞ」

「は？　何をおっしゃっているんですか」

まるで口説いているかのような台詞《セリフ》にカノンは片眉を跳ね上げた。

「……ひょっとして、ルカ様はいつの間にか、真実、私を好きになられたので？　全然気がつきませんでした」

間抜けな質問をしてみる。

「いいや？　惚《ほ》れてはいない」

彼はきょとんとした様子で首を振った。

「即答ですか」

「姫君が相手ならば楽だろうとは思うがな。……いや、俺が姫君に惚れていないことよりも、こんなにいい男が目の前にいて、カノン・エッカルトが俺に惚れていないことこそ、解せない」

カノンは渋面になった。

「……素晴らしい自己評価の高さだと思います……」

「正当かつ客観的な評価だ。——それなりに大切にしてやるから、俺にしてはどうだ？　義弟と道ならぬ恋に落ちるよりも条件がいい。俺も他を探す手間が省《はぶ》ける」

義弟と恋に落ちてもいないし、そもそもルーカスに恋心を抱くつもりもない。確かに顔は良いが、と無表情にこちらを眺めてくる皇帝を視界の端に捉《とら》えてカノンは頬を引きつらせた。

皇帝の条件と顔につられて絆《ほだ》されでもしたら、カノンの未来は破滅と相場が決まっている。

「お断り申し上げます。——期間限定ならともかく、皇帝の寵姫なんて、ろくなことがないじゃないですか。精神がもちません」

命を狙われたり、他の令嬢とさや当てをしたり、覚えたくもない皇宮の力関係を覚えたり。

「それに、もしも誰かを好きになるのなら」

「なるのなら？」

「ちゃんと、心をくれる人がいいので、ルカ様は……向きませんね」

なるほど、とルーカスは否定せずに軽く肩を竦めて自嘲《わら》った。

「心をくれない」ことを否定はしないらしい。

「そろそろ部屋に戻るか」

手を差し出されたのでエスコートされつつ庭を歩く。

この手は、不快ではない。

決して恋ではないが。ゲームのカノンのように心酔しているわけでもないが、心地がいい。

そのことに多少戸惑いながらカノンは部屋へと戻る。

――部屋に戻って、机の上で頬杖《ほおづえ》をついて嘆息する。

「タミシュ大公国のこと、もっと詳しく調べられないかしら？」

お前は何もせずに隣で気楽に笑え、と――ルーカスは言うが、任じられた仕事は精一杯遂行して、役には立ちたい。

カノンは自室の本棚から数冊の古びた冊子を取り出した。

母、イレーネが少女の頃《ころ》から嫁ぐまで、日々のことを記していた日記だ。

日記と言うにはあまり心情が書かれていないために、行動記録のようになっているが、当時のことを知りたいカノンにはありがたい。

「お母様が皇宮にいたときにも、タミシュ大公はルメクを訪問していたはず」

何か役に立つことが書いていないだろうか、と懐かしい文字に視線を走らせる。

「あった。これだわ――」

ちょうど二十五年前。イレーネが嫁ぐ数年前にも先代のタミシュ大公が訪問している。そのときに誰が、何をしたのか……驚くほど克明に記載してあった。

「この頃、皇宮に勤めていた人に、話を聞くことはできないかしら」

日記を押さえて考え込む。カノンはラウルを呼んで、一つ依頼をすることにした。


翌日、カノンはルーカスの許可を得て皇宮付属の治癒《ちゆ》院へと足を向けた。

教会でも選《え》りすぐりの治癒師や医者が、皇宮に勤める人間の治療に当たっている。

その奥に位置する貴賓室を、カノンはラウルと共に見舞っていた。

「シャント伯爵、ようこそおいでくださいました」

出迎えたのは職員らしき、若い男性だった。

「なんの縁もないのにお邪魔してごめんなさい――」

「そのようなことはございません」

彼の後ろに付き従いながらカノンはおや、と目を見開いた。職員がみな被《かぶ》っている帽子の横からぴょこ、と黒い耳が覗いている。狼《おおかみ》の形状だ。どうやらこの青年は獣人らしい。

獣人はあまりトゥーランにはいない。獣人だけでなく、その他の亜人も嫌う。宗派の影響もあるだろうが、南方や西方の国々と比べて閉鎖的なのだ。

「どうぞ、こちらへ」

柔和な青年に促されカノンも笑顔を返す。

カノンは、ラウルと共に貴賓室に通された。病室内は清潔で静謐《せいひつ》だ。中央に置かれたベッドには黒髪の少女が身じろぎもせずに眠っている。

カノンは彼女のすぐ側に腰かけ、昏々《こんこん》と眠っている彼女に視線を落とした。

……かすかに胸が上下するのに少しだけ安堵《あんど》する。

皇太后の侍女であるヘレネ・フィンツは毒を飲んでから快癒はしていない。

夢うつつのような状態で目を開けることはあるらしいが、会話もできず。

またすぐに眠りについてしまうのだという。活発な印象のあったヘレネだが数か月も臥せっているせいかひどく痩《や》せて顔色もよくない……。

カノンは静かな声で語りかけた。

「――皇宮に初めて訪れた日、貴女が声をかけてくれて嬉しかったの」

早く目覚めるといいがと顔を覗き込み、図書館から持参した詩集を枕《まくら》元に置く。

「目覚めたら、どうか読んでみて」

せめてもの慰めになるだろうか、とトゥーランでの見舞い品の定番である香木も持ってきたのだが、ヘレネの枕元には既に甘い香りのするそれが置かれていた。

職員の青年がカノンの視線に気づいて説明してくれる。

「香木は、ミアシャ様からの贈り物です」

ミアシャの実家から贈られてきたという茶でヘレネは臥せってしまった。

やはり責任を感じているのだろう。

「珍しいけれど——とてもいい香りね」

「はい。鎮静の効果があるとかで」

いかにも気が強そうなミアシャだが、あれで意外にも細やかな心配りもするらしい。

「ジョアン様も三日と空けずにお見舞いに来られて、いつも花を持ってきてくださいます」

カノンはベッドサイドにある花に視線を移した。

ジョアンの故郷にしか咲かない珍しい花らしく、初めて見るものだった。これはまあ、淑《しと》やかで細やかな気遣いをする印象のあるジョアンの行動としては意外ではない。

二人ともヘレネに毒を盛った嫌疑が非公式にではあるがかけられているので、見舞いには必ず誰かが立ち会うようではあるが……。

「犯人を見つけるのも大事だけど、早く元気にならなくちゃ」

カノンはまたね、と眠るヘレネに告げて、部屋を出る。

早く目を覚ますといいが……と思いながら、療養所の所長の部屋に足を向けると、部屋の主であった白髪の老人は足が悪いらしく、先ほどの青年に支えられながらカノンを出迎える。

「シャント伯爵、よくおいでになられました」

「急にお邪魔をして申し訳ないと思っているわ」

白髪の老人は、目を細めた。

「ああ、お懐かしいですね。カノン様は——今、こう呼ぶのをお許しください——母君のイレーネ様によく似ていらっしゃる。皇宮へのお戻り、嬉しく思いますよ」

老人は、十年ほど前まで皇太后の侍従として仕えていたという。

「お知りになりたいのはタミシュ大公の訪問についてですね——もう二十五年になりますか」

老人は懇切丁寧にその時あった行事の記録や催し、タミシュ大公国の人々に喜ばれた饗応《きょうおう》などを資料を基に教えてくれた。

「タミシュ大公国と皇国は昔から親しい国ではありますが——宗教が違いますので、文化の違いもございます。宗教的なタブーさえ押さえておけばよろしいかと」

トゥーラン皇国は太陽神を祀《まつ》る一神教だがタミシュ大公国は主神を同じくはするけれど、多神教の国だ。

老人の側に控えていた青年がお茶をどうぞ、と盆に載せて運んできてくれる。二人を案内してくれた青年はカノンが礼を言うと光彩の細い瞳《め》を控えめに伏せた。

彼はおそらく、狼の特徴を持つ亜人、人狼《じんろう》族なのだろう。

トゥーランで働いている人狼族は、珍しい。さらに珍しいのはその瞳の色だった。

左は金色に近い茶の瞳をして、右目が青色をしている。

カノンの視線に気づいた老人が穏やかに説明してくれる。

「人狼の扱いが我が国と違うのも一つの特徴でしょうね」

「……そんなに違うものですか？」

「タミシュ大公国では人狼族を神の眷属《けんぞく》として尊びますが、わが国では――そうでもない。キリアン、お前も、この国では苦労しているだろう」

「そのようなことはありませんよ。楽しく暮らしております」

青年は首を振った。帽子から覗く黒い獣の耳がふるふると震える。間近で獣人の耳を見るのは初めてで、カノンはつい不躾《ぶしつけ》に見てしまった。右耳には見事な青い輝石のピアスが嵌《は》められていて、質素な装いの彼になんだか不釣り合いに感じる。

「お付きの方も治癒師なのですか？　人狼族の方は魔力も強いと聞きますが、治癒の力を持つ方は珍しいですね？」

どちらかと言えば、人狼族は攻撃型の魔術を使うし、職業としても騎士が多い。

青年はカノンの他愛《たわい》のない質問に、くしゃりと笑った。

「治癒などはできません。以前、職を失ったときに他に行く当てもなく困っていたのですが、所長の護衛として拾っていただいたのです」

元々生まれた場所はタミシュで、家族を亡くしたときに知人を頼って皇都に移り住んだのだ、とキリアンは教えてくれた。

「やっていることは、ほとんど所長の話し相手なのですが」

「キリアン、それがここでは一番大切な仕事だろう？」

主従が微笑み、ほのぼのとした空気が流れたところで、時間になった。

「時間を忘れていたわ。時間を取らせてごめんなさい」

礼を言うカノンに向かい、老人は微笑んだ。

「暇を持て余した老人のお相手をしてくださり、感謝申し上げます。今度はぜひ、ルカ様もお連れいただければ嬉しいですが。なあ？」

人狼族の青年もそうですね、と微笑む。

老人は皇太后付きの侍従だったというから、ルーカスとも交友があったようだ。

この人狼族の青年とも面識があるのだろうか。

「カノン様はイレーネ様によく似ておられる。皇太后陛下は喜んでおられるでしょうね」

「母は、……どんな少女だったでしょうか」

父母が不仲だったこともカノンが実家を追い出されたことも老人は知っているだろうかと思いつつ、聞くと老人は微笑んだ。

「思慮深い方で、いつも楽しそうに本を読んでおられましたよ。皇太后陛下とはまるで母娘のように親しくしておいででした」

またおいでなさいませ、と見送られてカノンはラウルと共に馬車に乗る。

「まだ知らないこともたくさんあるわ。タミシュ大公国のことをもっと覚えなくちゃ」

馬車の中で伸びを一つすると、ラウルがお行儀が悪うございますよ、と小言を口にする。

「先ほどの二人とはラウルは面識がないの？」

十年前までは皇宮にいた、と二人は言っていた。

ラウルは首を振る。

「私が陛下の側にお仕えするようになったのは五年前ですから。――シュート卿ならば知っているかもしれませんね」

シュートはルーカスがまだ十歳になる前から仕える側近中の側近なのだという。

へえ、とカノンは眼鏡《めがね》の騎士を思い浮かべた。

「ルーカス様にいつも無茶ぶりされている印象があるわ。……大変よねえ」

「陛下が身近に控えさせるのはシュート卿だけです。近衛騎士団の中で、奴《やつ》……、いえ、彼が、一番腕が立ちますし、陛下に意見しても許されますし……」

ラウルの口調がなんだか悔しそうなのでカノンは思わず笑ってしまった。ラウルはルーカスを敬愛しているようなのでこれは嫉妬《しっと》だな、とわかる。

「シュート卿に、お二人と会ったことがあるか聞いてみようかな」

「……姫君は偏ったものの見方をなさらない方ですね」

「いきなりどうしたの、ラウル？」

カノンはきょとんと侍女姿のラウルを見つめた。

「いいえ。先ほどの人狼族の青年に気づかれても驚かれた様子がなかったので。トゥーランの貴族の方々は、人狼族を厭います。残念なことに」

「そう……、かな」

「素晴らしいことだと思います」

トゥーランの貴族は人狼族を始めとした亜人を嫌う、見下している、とも言える。

「私は貴族の友達もいないし、社交界の常識も知らないし、染まっていないだけかも」

ラウルが穏やかな表情でカノンを見た。

「——私の事情も、聞かずにいてくださいます」

「ラウル」

ラウルは騎士姿と侍女姿を使い分ける。

侍女として有能だが、普通に侍女がするようなカノンの着替えなどは絶対に手伝わない。

いつもお世話になっているがラウルの性別については謎《なぞ》のままだ。

「姫君にとっては些細《ささい》なことかもしれませんが、周囲の人間は必ず私を男か、女かを定義づけようとします。——そうなさらないのは私にとってはひどくありがたいことです」

カノンは視線をさまよわせて頰をかいた。正直、そこまで考えがあったわけではなく、人様の地雷を踏まないように、との消極的な行動を変えていないだけなのだ。

「事なかれ主義なだけ。……買い被りすぎよ」

「それでも、ありがとうございます、姫君。――差し出がましいことながらタミシュ大公がお帰りになってても皇宮にずっといてくだされればよろしいのに……と願っております」

カノンは首を振った。

「滅相もない！　皇宮なんて肩がこるわ。どうあっても向いていない」

華やかな場所で大勢と会うよりも一人でこつこつ働く方が性に合っている。

「姫君がいらっしゃると陛下も大変楽しそうですし」

「それはないと思うけれど」

揶揄《からか》われて楽しまれることはあるが、皇帝の息抜きに人生をささげる気にはならない。

「陛下は素晴らしい方だと、臣下としては思うのですが……」

控えめにラウルが推薦してきたが、カノンはそうかなあと首を捻《ひね》る。

「シュート卿もいつも死にそうな顔色しているし、私への要求も高いし、上司としては厳しくないかしら？」

「う……。しかし、令嬢がたには……大変人気が……ございますよ」

カノンはすまし顔のルーカスを思い浮かべた。

確かに、悪役顔だが顔はいい。さすがは攻略対象だ。

「遊んで……華やかな交友関係を築いておられそうだし、わがままだし、ちょっと趣味じゃないわ。――ミアシャ様もジョアン様も、結婚相手を選ぶなら、中身も重視した方がいいと思うのよね……、と。これは、ルカ様には報告しないでね？　お叱《しか》りを受けそうだし」

ラウルはなぜかがっくりと肩を落とす。

「あ、ごめんね。ラウルの上司を悪く言ってしまって。陛下は素晴らしい君主だと思うわよ」

趣味じゃないだけで。と付け加えると、ラウルはさらに深いため息をついた。

「……もう少し陛下の良さを姫君にわかっていただけるよう、尽力《じんりょく》いたします」

「ええっ？　あんまりいらないなあ」

拳を握り何かを決意したラウルと苦笑するカノンを乗せて、馬車は皇宮へと向かった。


皇太后の生誕祭に赴く前日、カノンは夢を見た。

艶《つや》を消した銀の髪をした少年が、無表情で、玉座に座っている。

少年の目の前には、少年とどこか似た面差《おもざ》しの男性が捕縛され、騎士に肩を掴《つか》まれて石の床に押さえつけられている。

(叔父上。なぜです？　なぜ――彼らに毒を盛ったのです？　彼らはただ、私に忠実な騎士であっただけなのに……)

まだ幼い声には不釣り合いなしっかりとした口調で少年が目の前の男性を問い質《ただ》す。

(誤解です、陛下！　私がなぜそのようなことをせねばならないのです！　これは、濡《ぬ》れ衣《ぎぬ》だ。私に罪を着せようとしている誰かが――)

男性が激しく否定する。

少年は彼を冷たく見下ろすと前動作なく、男性の顔を蹴《け》り飛ばした。

男性は、がっ、と無様に呻く。

男性が憎々し気に少年を仰ぎ見るが、騎士が再び彼を押さえつけた。

騎士の顔には見覚えがあった。皇帝の側近、シュート卿だ。

(証拠《しょうこ》はすべてそろっています。無駄な言い訳はやめていただきましょうか……そんなにも俺を傀儡《かいらい》にしたかったのですか？　――忠実な者を、俺の侍従を無慈悲に殺《あや》めてまで……)

(たかが亜人ではないか！　人狼の命と私の命が等しいとでも言いたいのですか！)

男が叫び、少年は、冷たく男性を見下ろした。

(この国に存在するすべては、俺のものだ。俺の許可なく無碍に扱うことは許さない)

怒りに満ちた声が場を支配する。喚《わめ》く男を無視して少年は命じた。

(シュート、黙らせろ。不快だ)

(御意)

静かに応じた騎士の素早い動きに呼応して、男は絶叫したが、数秒ののちにはぐったりとその場で気を失った。

画面が切り替わる。

時が流れたらしく、少年の頬からは柔らかさがこそげ落ち、目に険が宿る。

視線の先、ベッドで荒い息をしながら苦しんでいるのは若い娘だった。

異様なほどの汗をかいて、手が天井に向けてピンと伸ばされ、何かをかきむしるように指が曲げられ、かすれた声で叫ぶ。

痛い、熱い、と彼女が泣く。

その手を握りながら見下ろしている青年には見覚えがあった。ルーカスだ。彼は無表情で娘を見つめ、掌を寝具の下に戻してやる。何かしたのか、娘の息が目に見えて穏やかになる。

(……治癒師は？)

(昼夜、常に交代で控えさせております。命はとりとめるだろう、と。しかし、喉の損傷がひどく。声は失われるかもしれません)

答えたのは騎士姿のラウルだった。

(……ミアシャ様とジョアン様が陳情にいらっしゃっています。自分達は無関係だと、どうか陛下の怒りを鎮めてほしいと)

(黙らせろ。そして下がらせろ)

ラウルが無言で命令に従う。ルーカスは険しい視線で扉の向こうを見た。

(相変わらず同胞を気遣うより先に、己の保身が大事か。誰かを蹴落としてのし上がってきた

者を、俺が愛《め》でると？　……愚かな)

紅《あか》い瞳がこちらを見た。

射貫《いぬ》かれてぞくりと寒気が背中を這《は》い上がる。怒りを宿した青年は窓から外の景色《けしき》を窺う。

(何もかもが……馬鹿らしい。すべてを捨てて、いっそどこかへ行こうか)

眼下にはルメクの美しい街が、整然と広がっている――。


夢見が悪いせいか、胸が苦しい。

とても、苦しい。

息が、できない。

「カノンちゃーん。あーそーぼぉー」

「重っ、……ぐふぅ……」

呻いたカノンは目を開けてぎょっとした。

白い魅惑のモフモフが目の前にある。魔猫《まびょう》のジェジエだ。

「おはよ～」

魔猫は、今日は小さいサイズでいたい気分らしい。カノンの胸元にぼすっと飛び込むと、カノンの顔元まで這い上がって、ぺろぺろと舐《な》めてきた。

「お、おはよう。ジェジェ」

「申し訳ありませんっ！　ジェジェが、どうしても姫君を起こしたいと」

ラウルが慌てている。うなされていたのは夢見が悪かった、だけではなく物理的な重さだったようだ。大丈夫よ、とカノンは手を振った。

ジェジェはこの皇宮で皇帝の次に権力を持つ皇太后の秘蔵っ子、愛すべき魔獣だ。彼の傍若無人《ぼうじゃくぶじん》な振る舞いを止められるものは誰もいない。

「最近、カノンが忙しそうだったからさあ。遊びに来たんだあ」

「……そうだったの、ジェジェ。ごめんね、あまり会いに行けなくて」

そして、そろそろ起きる時間だ。

手早く身支度を整えるとジェジェはすりすりと頭を低くしてカノンの顔に近づけた。

「いいよ、いいよ。カノンはねえ、今日は皇太后様のお誕生日会でしょ？　僕はニンゲン達のパーティーに出るのは嫌いだから、カノンにお願いしたいことがあるの」

「お願い？」

「そ。僕からって花束をダフィネにあげてほしいんだ。一緒に摘みに行こ！」

ぽんっと音を立ててジェジェが大きくなる。

行ってもいいか、とラウルを見ると、侍女は行ってらっしゃいませ、と苦笑した。

「ジェジェ、お昼前には戻ってこられる？」

「そんなのすぐだよ、カノン。ラウル、ハサミと籠《かご》をカノンに持たせてあげて」

「承知しました、ジェジェ」

「ラウルはルカの手先の割には、いい奴だよね。俺、とっても好き」

ラウルが苦笑しつつ、必要な道具をそろえてくれる。道具を持ったカノンが魔猫に騎乗すると、ジェジェは皇宮から少し離れたところにある、丘まで飛んだ。

丘というか切り立った山と言うか。魔獣や飛竜に騎乗しなければたどり着けなさそうな高さのそこは、たいそう眺めがよかった、——カノン達の他に人影はない。

「僕がちゃんと見張っているから、危ない奴は来ないよぉ」

「そうなの？　ありがとう、ジェジェ」

ジェジェが連れてきてくれたのはその丘にぽつんと立っている大樹だった。その根元に幹をぐるりと囲むかのように、見たことがない花が咲いている。

「綺麗」

カノンの感嘆に、ジェジェは「でしょ？」と胸を張った。

初めて見る花だ……と思って、カノンは「あ」と声を出した。

古代の花々についての魔術書に記載されていた花だ。

「……銀蓮花？　現代に残っていたなんて」

「そう、カノンは物知りだね！　古代の花だよ。絶滅したはずなんだけど、ここの丘にだけ生息しているんだ。ま、帝国各地にそういう花が残っていたりはするみたいだけどね～。これは僕がお散歩中に見つけたんだ」

　花弁が薄く透き通っていて、陽《ひ》の光を受けて七色に輝いている。

　まるで金剛石を薄く切り取って新たに飾り付けたかのようだ。

「……そんな貴重なものを、こんなに摘んでも大丈夫なのかしら？」

　感激するカノンを見ながら、魔獣はご機嫌にしっぽを振った。

「ダフィネのためなんだから。誰が文句を言うのさ。イレーネも、僕とよくここに来て遊んだんだよ」

「お母様も？」

　ジェジェはにゃーと楽しそうに鳴いた。

「今のカノンみたいに、綺麗な花って喜んでくれたよ。――さ、早く花を摘んで。花束に出来るくらいいっぱいにしてダフィネに持っていかなくちゃ」

　促されて籠を花束で満たして皇宮に戻ると、ラウルが侍女達と共に待ち構えていた。

　侍女達は籠いっぱいの花を見て目を丸くしたが、花束にいたしますねと目を細める。

　普段自分でするのとは段違いに念入りに化粧を施されれば、ややきつい印象の、それでも美しい娘が鏡から見つめ返す。もはやこれは詐欺《さぎ》だ、と侍女達の仕事ぶりに舌を巻く。

　ドレスはアイボリーだった。自分では絶対に選ばない淡い色のドレスには大柄の花をモチーフにした刺繍があしらわれていて、スカート部分は二層構造。上下どちらの部分も金色のフリンジで縁取られている。抑えた糸の色遣いのせいか、可愛らしすぎない品のよい仕上がりだった。

——皇帝の軍服は白だから貴族達は白系の衣装は避けるだろうから、ルーカスの隣に立つカノンもさぞや目立つだろう。

「素晴らしくお美しいですよ、姫君」

「本当だ！　今日の来客の中で一番綺麗だよ」

ラウルもジェジェも褒めてはくれたが、容姿だけで言うならばミアシャやジョアン、そして本日、オスカーと共に現れるだろうシャーロットに敵《かな》う気はしない。

比較されると思うと足が竦む思いがする。

かりそめの恋人役なのだし、恥をかかせないならいいか、と鏡の中の自分を睨みながら鼓舞していると、盛装したルーカスが鏡の端に映って呆れながらこちらを見ていた。

「戦場に赴くような顔をしているぞ、カノン・エッカルト」

「ある意味戦場と一緒では？」

しくじれば、死……と想像して怯《おび》えていると、眉間をぴんと弾かれた。

「痛！　化粧が剥《は》げます」

「安心しろ、厚く塗ったおかげで綺麗なままだ。——さて、もう少し楽しそうにしていただこうか。我らの関係は何だったかな？」

「仲のいい恋人ですとも」

胸を張って言うと、よろしい、とルーカスは微笑んでカノンの掌に口づけた。

甘い雰囲気を纏う人ではないが、こういう所作が様になるから美形は狡《ずる》い。

「ああそれと。髪飾りではなく、耳飾りになったが間に合った」

ルーカスが呼ぶとラウルがルーカスの側に寄り、恭しく箱を掲げた。ルーカスは無造作に箱から対の耳飾りを取り出すとカノンの耳を手ずから飾り付けた。

耳朶《みみたぶ》に、小指の爪《つめ》ほどはありそうな翡翠の耳飾りが飾られている。

「翡翠は魔を祓う。身守りにちょうどいいだろう」

鏡に映るその輝きに見惚れながらも身の丈に合わない気がして少しばかり恐ろしい。

「落としたら、どうしよう」

呟《つぶや》きは意図せずルーカスに拾われていたらしく、くつくつと笑われる。

「それはもう、姫君のものだ。落とすなり捨てるなり好きにせよ——その時は、もっと似合うものを探して贈る」

耳元に口を寄せられて心地よい高さの声で囁かれ、紅い瞳が細められた。

この前ラウルが過剰に褒めていたせいか、なんとなくどきりとしてしまって、カノンは視線を逸らす。

さりげなく手が取られて、手袋をしていたことに感謝する。

緊張のあまり手汗がひどいことになっていそうだ。

カノンの緊張を目だけで笑い、銀連花の花束に視線を落としたルーカスは一輪取りだすと、
カノンの黒髪に花を挿した。

柔らかな香りが、鼻腔《びこう》をくすぐり、わずかに緊張を和《やわ》らげる。

「行くぞ」

ルーカスに手を取られ、カノンは彼と共に足を踏み出した。

★第五章　怠惰にて華麗なる、タミシュ大公

トゥーラン皇帝、ルーカスは幼少期に皇太子だった父母を亡くした。

彼がまだ十歳になる前のことである。同母の兄弟はおらず、彼は祖母である皇太后《こうたいごう》ダフィネに養育されたためダフィネは、実質親に近い。

皇帝が皇太后を唯一の身内として遇するがゆえに、上級貴族も皇后の生誕祭はこれぞという贈り物をして寿《ことほ》いでいるのだが。

生誕の祝いは、皇太后の長年の友人である伯爵夫人がとりしきり和《なご》やかな雰囲気で執り行われた。人々が歓談する最中に、カノンは皇帝と共に登場した。

先触れの声で人波が割れる。ルーカスがシュートに声をかけられほんの少し離れた隙《すき》に、囁《ささや》き声が耳に入る。

『あれがパージル家の長女……シャーロット様とは似ていないのね』

『いまはシャント伯爵か？　いくら母親の持っていた爵位と言えど……陛下も気前がいい』

『病気がちだと聞いたけれど、ずいぶんと血色がいいじゃない』

ひそ、と呟《つぶや》いたいくつかの声が耳に入る。いや、わざと耳に入るような声音で呟いているのかもしれない。気にする素振りを見せてはだめだ、と前を向いていると、ルーカスが戻ってき

て、重ねた手が落ち着け、と言わんばかりに一度力を込められる。

二人は今夜の主役である皇太后ダフィネの元へと足を進めた。

「お誕生日おめでとうございます、皇太后陛下」

「おめでとうございます」

並んで二人で祝うと、白髪を美しく整えたダフィネは微笑《ほほえ》んだ。

「ルカ、それにカノンも。よく来てくれたこと」

「お祝いをお持ちしたのです。――匿名《とくめい》で、皇太后陛下の忠実なご友人から」

侍従から銀連花の花束を受け取って皇太后に渡すと彼女は相好を崩した。

「これをくれたのはジェジェかしら？　あの子と二人で丘まで飛んだのね？」

この花がどこでとれるか、皇太后はさすがに知っているらしい。

「ジェジェも私と同じでカノンが好きなのね。秘密の場所に連れていくなんて珍しいことよ」

「私が皇宮に慣れないからでしょう。いつも気にしてくれる……お友達です」

カノンの言葉にダフィネは機嫌よく笑い、彼女の背後に控えていたラオ侯爵家のミアシャとサフィン侯爵家のジョアンも「綺麗《きれい》な花ですね」と口々に褒めた。

「ごきげんよう、カノン様」

侯爵令嬢二人はそれぞれ赤と緑のはっきりとした色のドレスを身に纏《まと》っている。

二人とも趣《おもむき》は違えど美貌《びぼう》の持ち主なので華やかな色がよく似合う。

ミアシャはどこか異国情緒の漂うドレスに甘い香りを纏い、ジョアンは古風なトゥーラン様式のドレスに柑橘《かんきつ》系の香りを纏っている。

二人とも自分に何が似合うのかよくわかっているのだ。

二人とも友好的な雰囲気だったが――皇太后が花束を持ってカノン達に背を向けルーカスと共に侍従に何か言いつけている間、ミアシャは美しい青い目をとがめるように眇《すが》めた。

「カノン様。銀連花をお髪《ぐし》に飾っていらっしゃるのね？　……それはいけませんわ」

「え？」

「綺麗ですけれど、その花は皇太后陛下のもの。許可なくその花でその身を飾るのは不敬です」

ミアシャの言葉にジョアンはあら、と口元を押さえた。

「ミアシャ様、そんなことといまここで指摘なさらなくても。仕方ないわ。カノン様は皇都に来られてまだ日も浅いし……皇宮でも過ごされていないし。ご存じなかったのですもの。綺麗な花だから。お気持ちはわかりますわ。ねえ？」

……カノンの背中を冷や汗が流れた。

貴重な花だとは知っていたが、皇太后しか摘んではいけない、とまでは知らなかった。

二人の口調は穏やかだが要約すれば、

「物知らずな新参者が偉そうに」

「私達と交わろうともしない。お高く止まって」

――という忠告に他《ほか》ならない。

そもそも、この花を髪に飾ってくれたのはルーカスだ。さて、どう言おうか、と目を泳がせていると、低い笑い声がすぐ側《そば》で聞こえた。

「お祖母様しか、身につけてはいけなかったのか、それは知らなかったな」

「陛下！」

ミアシャとジョアンが少し蒼褪《あおざ》めて身を引く。

カノンはほっと息をつく。

周囲からは甘えに見えるよう、ルーカスの袖《そで》を引いてみせた。

「ルカ様が教えてくださらないので、不調法をしてしまいました」

ルカ様、という言葉をジョアンが小さく繰り返す。もちろん、二人を煽るためにわざと言ったのだが、美女の薔薇《ばら》色の頬《ほお》がひく、と引きつるのが恐ろしくてカノンはそっと目を逸《そ》らした。

「怒るな、ミアシャ嬢。私も知らなかった。今日はお祖母様の生誕祭だ。大目に見てくれ――」

ミアシャはルーカスの登場にころりと態度を変えた。

「嫌ですわ陛下。私なにも責めてはいません。少し、羨《うらや》ましいと思っただけです」

「それはちょうどよかった。ミアシャとジョアンにも」

ルーカスはカノンが内心で「誰《だれ》だよ」とツッコミたくなるような優しい微笑みを浮かべると、花束から取ってきたらしい花を手ずからミアシャとジョアンの髪にも飾ってやる。

「——今夜はこれで許してくれ」

ずいぶん慣れた手つきだなあと感心していると、ジョアンは少女のように頬を赤く染め、ミアシャは「綺麗ですね！」と無邪気に喜ぶ。

皇帝から直接贈り物をされたのだから二人の面子《めんつ》は保たれただろう。

それにカノンと同じになったのだから、これ以上責められることもない。胸を撫《な》で下ろし
——令嬢二人を見比べながら、意外だな、とカノンは心中で呟いた。

気が強そうな印象とは異なり、ミアシャの方が感情を隠すのがうまいと心に留めおく。

ひょっとするとミアシャはルーカス個人に興味がなく、ジョアンのように嫉妬《しっと》していないのかもしれないが。

機嫌を直したミアシャがカノンに微笑みかける。

「これで、おそろいですねカノン様」

「え、ええ」

「私思うのですが、カノン様は、もっと私に対して親しく振る舞ってくださってもよいのでは？　せっかく皇宮で同じ時を過ごしているのですし」

「そうですね」

愛想笑いを浮かべて後退《あとずさ》ったが、ミアシャは踏み込んできた。

「図書館の改革を目指していらっしゃるとか？　どういうお仕事なのか興味があるわ」

社交辞令《しゃこうじれい》だろうとは思ったが、カノンはこれには頷《うなず》いた。誰であれ歓迎するのが図書館だし、令嬢の手本となるような高位貴族に使ってもらうのは今後のことを考えても望ましいことだ。

「今は蔵書目録を作成していて…地味な作業も多いですが、ミアシャ様にも図書館見学に来ていただきたいです。ジョアン様も」

ミアシャは機嫌よく応じた。

「お招きいただければ、いつでも遊びに伺います。ねえ、ジョアン様？　ジョアン様は以前よく図書館に行っていたじゃない？」

そういえば、ジョアンの利用履歴は見た気がする。カノンはジョアンに視線を向けた。

「もしご迷惑でなければ、今度ご一緒しましょう」

「……ええ、そうね。久々に行くのも悪くないわね」

カノンからの誘いが意外――というか嫌だったのか、ジョアンは一瞬眉根《まゆね》を寄せてから答えた。皇太后が戻ってくると、ジョアンも機嫌を直して、和やかに会話が弾む。その会話の間を縫って、次々と上級貴族が挨拶《あいさつ》に来るのでカノンの周囲は賑《にぎ》やかになった。

ルーカスが耳元にこっそりと囁く。

「テラスにでも風に当たりに行くか？　世辞を聞き流すのも、だんだん飽きてきた」

「――笑顔で言うことではないと思うのですが」

とはいえカノンも表情筋がそろそろ疲れてきた。

二人で視線を無視しながらテラスへ向かう、――と、人波の中にレヴィナスを見つけた。

ルーカスを見ると彼が頷いたので弟のもとへと足を向ける。

「楽しんでいるか。レヴィナス・パージル」

「はい、陛下。お招きにあずかり光栄です」

「君を招いたのは私ではない。君の義姉が――君がいないと寂しいというので」

カノンはレヴィナスに向けて微笑んだ。微笑みあう姿は仲のいい義姉弟に見えるかもしれない。

「義姉上」

レヴィナスは笑顔を崩さぬまま、声をワントーン低くした。

「義父上と義妹もあちらに来ていますよ」

カノンは一瞬息を止めた。そろそろ、出くわしそうだとは思っていたが。

「オスカー様とは、別に来ています」

「……別に？」

オスカーとシャーロットの婚約は発表されたはずだ。それなのに、なぜ、別々に？

カノンが視線を動かした先に、まるで、狙《ねら》いすましたかのように進路に大小男女の影がある。

パージル伯爵、とその掌中《しょうちゅう》の珠《たま》である娘。父と義妹だ。

どく、と。

心臓が嫌な音をして跳ねた。

遠目でもわかるシャーロットの輝く美しい髪に、急に自分がみすぼらしくなったような気がする。着飾ったこのドレスを脱いで走り去って、髪を解いてベッドに潜り込んでしまいたい。

過去どれだけ美しく装っても、家族の会話の中で父の関心を買おうと考えて意見を伝えても、父はため息に失望を乗せてカノンを酷評し、シャーロットを代わりに褒めるだけだった。

この数年間、ずっと。

今更、父に期待はしないが、みじめな記憶がどっと去来して身が竦《すく》む。

——しかし、それを周囲に悟られてはいけない。

周囲の視線が集まるのを感じて、カノンはそっと息を吐いて、顔を上げた。

彼らに近づくと、微笑みかけた。

「父上、いらしていたのですね」

「パージル卿、久しいな」

ルーカスの声に、父親が喜色満面《きしょくまんめん》の笑みを浮かべる。

「陛下、このたびは皇太后陛下のご生誕よろこばしゅうございます」

「ありがとう、その言葉は直接伝えてほしい。皇太后も喜ぶだろう」

伯爵はカノンを見た。

「カノンも皇宮の暮らしは慣れたか」

昨日送り出した娘を気遣うような親し気な口調にくらりと視界が歪《ゆが》むが、カノンは無理やり微笑んだ。

「離宮は見晴らしのいい場所にありますから。今まで暮らしたどの部屋より快適です、父上」

少なくとも、伯爵邸のじめっとした、冬は凍えそうな部屋の百倍は過ごしやすい。

カノンの嫌味は聞き流し、父は隣に控えていたシャーロットに視線をやった。

「仕事は楽しいのか。カノンは本が好きだから天職だろう」

「ええ、……励んでおります」

「お前が忙しくて、なかなか戻ってこないから、シャーロットも寂しがっていたぞ」

「そうですか……。今日はディアドラ侯爵閣下は一緒ではないのですか？」

婚約したオスカーとシャーロットが一緒ではないのは妙だ。カノンの質問にシャーロットが済まなさそうに答えた。

「ごめんなさい、お義姉様。お義姉様はオスカー様にお会いになりたかったんですね？」

「は？」

カノンは思わず間抜けな声を出した。そんなことは全く思っていない。

なぜ婚約者と一緒にいないのかと社交辞令で聞いただけだ。

がカノンに反論する隙を与えず、シャーロットは罪悪感でいっぱいです、という上目遣いでちらりとカノンと――ルーカスを見た。

「その……お義姉様が嫌かと思って、今日は別々に来たのです」

語尾が消え入りそうな声はカノンを恐れるように震えている。周囲からは姉が妹を威圧しているように見えるかもしれない。人目がなければ張り飛ばしてやりたいが、カノンは無言で微笑むに留《とど》めた。何を言っても、彼女のいいようにカノンの意見は改ざんされ吹聴《ふいちょう》されるのは、目に見えている。

「シャーロットは優しい子だ。さ、ご挨拶を」

伯爵から促され。しずしずと妹が進み出た。

淡く柔らかな金の髪は相変わらず美しく光を弾《はじ》く。卵型の輪郭と髪の非の打ちどころのない美しさに舌を巻く。久々に見る伏せたまつ毛の長さに驚きつつ、カノンはとりあえず微笑みをはりつけたまま大人《おとな》しく沈黙を守った。

彼らとは、関わらない。それが一番平和な対処方法だと身に沁《し》みてしまっている。

婚約者がいるはずのシャーロットは、まるで社交界に初めて足を踏み入れた少女のように可《か》憐《れん》に頬を染めてカノンの隣に立つ皇帝をそっと上目遣いで窺《うかが》った。ルーカスからの賛辞を待っているんだろう――カノンはゲームの中にも似たシーンがあったのを思い出した。皇帝は心を動かされて、感嘆するのだ。

『噂《うわさ》通り美しい令嬢だ――まるで春の女神のようなーー』

皇帝がシャーロットを褒めていた場面が思い浮かび、なんとなくカノンは目を逸らす。

カノンの動揺を視界に収めたシャーロットの口角がわずかに上がった。

「紹介させていただきます。娘の」

「――不要だ」

浮き立つ父の声を感情の籠《こも》らない声が遮った。

カノンは驚いて反射的に傍らの男を見たし、シャーロットも無作法に顔を上げてしまった。

レヴィナスは目を丸くして、それからぽかんとした顔のシャーロットを盗み見る。

シャーロットとパージル伯爵を無感動に見下ろして、皇帝は光の加減で今は赤錆《さび》の瞳《め》を眇め、淡々と宣言した。

「伯爵家の娘の名前も顔も知っている。それで十分だ。――カノン・エッカルト」

「はい、ルカ様」

カノンが反射的に返事をすると「行くぞ」と腕を引かれた。ごく自然に。

何か言いかけた伯爵を素通りしてルーカスはレヴィナスの名を呼んだ。

「レヴィナス・パージル」

はい、と弟は行儀よくルーカスに返事をした。

「君の父と妹は退屈しているようだ。君がよくもてなせ」

――婉曲的《えんきょく》に自分には近づけるな、と命令してルーカスはやじ馬の視線もじろりと見渡して、叩《たた》き落とす。

父と義妹から刺すような視線を浴びたような気がするが、そこは気づかないふりをしてルーカスに従った。沈黙のルーカスと並んで歩き、テラスに出て、カノンはつい聞いてしまう。

「……義妹を、紹介せずに……よかったのですか」

口に出した瞬間、ばかなことを聞いたと思った。

シャーロットのことを皇帝の視線が素通りしたことに安堵《あんど》したくせに。

紅《あか》い瞳がじっとこちらを見る。

「おまえは……」

何か言いたげに口が動くが、彼ははーっと大きなため息をついて、指でカノンの額を弾いた。

「痛ったぁ！　何をなさるんですか！　馬鹿力《ばか》!!　ほんっと痛い!!」

「うるさい。正気に戻ったか？　たわごとを口にするな」

人の目がなくなったのをいいことに扱いがぞんざいになったと呻《うめ》くと、ルーカスが呆《あき》れた。

「いや……、よく我慢した、と褒めるべきかな。姫君の家族はずいぶんと不躾《ぶしつけ》だ」

よしよし、と言いながら今度はぞんざいに髪を乱されて少しばかり肩の力が抜ける。

「生誕祭で騒ぎを起こすほど愚かではありません――父の態度はいつものことです」

「父も義妹も、背後から刺していいぞ。俺《おれ》が許す」

「皇帝自ら犯罪を奨励しないでください！」

バルコニーの柵《さく》にもたれながらルーカスが軽口を叩くので今度はカノンが呆れた。

「父はともかく、義妹の顔を殴ったら彼女の信奉者から恨みを買いそうです」

「そんなに信奉者が多いのか？」

「ストロベリーブロンドの髪に青い瞳、声も姿も可憐で物腰も柔らか。しかも聡明《そうめい》です。無理もないのでは？」

カノンには儀礼的な感情しか表さなかったオスカーが、シャーロットに出会った次の日にはもう骨抜きになっていたのを苦く思い出した。

ルーカスだって、ゲームの中ではシャーロットに一瞬で恋に落ちていたのだが……。じっと見つめると、ルーカスは「ん？」と首を傾《かし》げた。

「安心しろ、カノン・エッカルトの方が妹よりも、百倍美しい。そして面白い。恋人の義妹には一片の興味も持つ気はないから妬《や》く必要はないぞ」

「妬いていません！」

カノンは反論してから、けれど、と付け加えた。

「ルカ様が理性的な方でよかったです……心変わりで館長職がふいになっては困ります」

「また、そういう可愛《かわい》くないことを言う」

「正直は私の美徳です、陛下」

「――打算的な女だな」

「堅実に、老後の備えをしたいだけです」

カノンがべ、と舌を出したところで……、広間から賑やかな複数の男女の声が聞こえてきた。

二人が視線をやると、一行はこちらに気づいたらしい。

そのうちの一人の男性と、ルーカスの目が合って互いに動きを止める。ルーカスとカノンから少し離れたところで護衛をしていたらしいシュートが一行を止めようとするのを、ルーカスが手で制止した。

「――久しいな、ベイル」

カノンは動きを止める。

婀娜《あだ》っぽい美女と腕を組んでいた男性はどこか物憂げな表情を改めて、彼女とそっと距離を取ると、優雅に一礼してみせる。

「お二人の時間の邪魔をし、申し訳ありません、皇帝陛下」

艶《つや》やかな長い黒髪から決して不快ではない甘い香りが鼻腔《びこう》をくすぐり、どこかで嗅《か》いだような香りだと思いながらルーカスの背後からその人物を見ていると、ベイルと呼ばれた男は視線を上げて、カノンに甘く微笑んだ。シャーロットのまつ毛も長いけれど、彼もなかなかだ。

マッチ棒が乗りそうと思いながらカノンも微笑み返す。

会いたくない「登場人物」によく会う日だ。

「噂通り美しいですね、お会いできて光栄だ。シャント伯爵」

「私こそお目にかかれて光栄です。タミシュ大公」

カノンが名乗ると青年は柔らかく微笑む。

「カノン・エッカルトと申します。——お気遣いいただいてありがたいですけれど、陛下には毎日会えますもの。構いませんわ」

ほほ、とカノンは扇子を広げて微笑んでみせた。

本日の賓客の一人、タミシュ大公ベイリュート・ファーイクはに、と唇を笑みの形にした。

薄い茶色の瞳は月明かりで金色にも見える。

「これはあてられたな。仲がよくて羨ましいことだ」

なあ、と振り返ると女達が慌てて頭を下げた。ルーカスはそちらには視線をやらない。

彼が連れていた女性達は服装や顔立ちからするとタミシュ人ではなさそうだ。ベイリュートが皇都に着いたのは数日前のはずだが、もう幾人もの女性に囲まれているのがさすがというか、なんというか。

確か姉君とともに訪問しているはずだったが、それらしき貴人は彼の側には見当たらない。

——怠惰にて華麗なる、ベイリュート。

ゲームの中でのタミシュ大公の位置づけは、いわば、色事担当だった。

その甘い美貌と美声で近づく女性達を次々誘惑し、トラブルを巻き起こす。

シャーロットに会って、改心するはずだったんだけどなあとカノンは扇子を口元に引き寄せて眉根を寄せた。

シャーロットというチートキャラがもはや傲慢《ごうまん》オスカーの婚約者としてロックオンされている以上、この人を改心させるアイテムはない。

彼がどう動くかがわからない。放置していても害はないものだろうか。

ベイリュートが「またね」と手を振れば美女達は大人しく去っていく。

あとくされのない手際に感心しているとベイリュートは当然のごとくルーカスの隣に並んだ。

彼は公子時代にトゥーランの大学に一年ほど留学していたし、皇宮にも足しげく出入りしていた。ルーカスの「友」だと自称していたが。

「皇都に到着してすぐ、陛下に会いに行こうと思っていたのですが、皇太后陛下を優先してしまった。遅くなったことを、お許しください」

大公閣下はにこやかに微笑んで肩を竦めた。

「ルメクは寒くてかなわない。朝がつらくて困るよ」

「――お前は夏でも朝は起きてこなかったと記憶しているが？　式典までは暇だろう。皇宮にも顔を出すといい」

「そうするよ」

砕けた口調を許す程度には、彼らは親しいらしい。

ベイリュートが女性にだらしないとは言え、さすがに皇帝の「恋人」に手を出したりはしないらしい。二人が歓談を始め、カノンはそれに交ざる。タミシュの風土の話は面白く、語り口も魅力的でカノンも楽しく会話に交ざることができた。

「ああ、音楽が変わったね」

広間から賑やかな曲が聞こえる。

「我らも踊ろうか、姫君」

「はい、ルカ様」

カノンはルーカスに誘われてダンスをする人々の中に交じる。

ラウルに鬼のような特訓を受けたこともあって、そして何よりルーカスのリードもあって、足が羽でもついたかのように、軽い。ルーカスがカノンにだけ聞こえる声で囁く。

「ダンスが、ずいぶんまともになった。以前はひどいものだったが」

甘い視線で甘くない台詞《セリフ》を吐かれたのでカノンはつい口を尖《とが》らせた。

「教師がよかったので。もう足を踏んだりはしませんよ?」

「ラウルを褒めてやるべきだろうな。教え方がうまい」

「私も褒めてください。上達したでしょう?」

「……今日も何度か足を踏まれそうなのを、俺が必死で躱《かわ》しているんだが……」

「一度くらい踏まれてくださっても、いいですよ？」

「……不敬な女だな」

「眉間《みけん》に皺《しわ》はやめてください、ルカ様。仲のいいフリをしなくちゃ」

「……チッ」

「恋人に舌打ちします？　普通？」

軽口を叩きながら踊り終えると、周囲の令嬢方から嫉妬とわずかな称賛の視線が注がれていた。ギャラリーの反応にカノンは安堵する。

これならば、ルーカスとカノンがある程度恋人「らしく」は見えたはずだ。

視界の端に父と義妹が見える。伯爵は何やらずっとシャーロットに話しかけ、レヴィナスはその横でグラスを淡々と口に運び、義妹は不満そうに、カノンを見ていた。

――今まで誰からも存在を無視されたことのない彼女にとって、ルーカスの先ほどの態度は受け入れがたいことだったのかもしれない。

たまにはそういうこともあると学んでくれたらいいけれど、とカノンは他人事《ひとごと》のように思う。

レヴィナスが言ったように、オスカーと幸せになるのだから、それ以上を望まないでほしい。

シャーロットは、今ある幸せに満足して、皇帝の気を惹《ひ》くような行動は慎むべきだ。

曲が終わると、どうやら移動してきたらしいベイリュートがルーカスとカノンを待っていた。

カノンに笑顔で手を差し出す。

「シャント伯爵。――私と踊ってくれませんか？」

ルーカスを見ると楽しんでくるといい、と微笑まれたのでカノンはベイリュートの手を取った。

ゆっくりとした曲調に変わったので内心でほっとしつつベイリュートの腕に収まる。

――蕩《とろ》けそうな視線で見つめられ、これはこれで令嬢達のやっかみを買いそうだなと背中に冷や汗をかく。

「シャント伯爵」

「なんでしょう、大公閣下」

熱っぽい口調で名を呼ばれ、カノンは視線を上げた。

口調とは裏腹、ひどく温度の低い視線とかち合う。

彼の瞳は金色に近い。今日の冴《さ》えざえとした月によく似た色だ。

「この夜会はね、私は不参加のつもりだった――。そもそも、トゥーランなんかに来るつもりもなかった」

トゥーランなんか、という言い方は、不穏だ。

「……でしたら、なぜおいでになられたのです？」

曲が終わり、彼はカノンの手を取った。

「皇帝陛下が珍しく女性にご執心というから。あの冷血男が絆《ほだ》されるなんて、天変地異《てんぺんちい》の前触れか、と」

　カノンは一瞬周囲に人がいないかを確認して安堵した。

　いくら学友の軽口にしても皇帝に対して冷血男とは度が過ぎる。

「私に興味を持っていただけるとは、光栄です、閣下」

　にこやかに微笑まれて流れるような動作で掌《てのひら》に甲に口づけを落とされる。気障《きざ》だ。

「君に会って確信したよ。カノン・エッカルト。どうやら彼は、彼のままらしい。君は何を引き換えに、彼の駒《こま》になっているの」

「なにを……」

　笑ってごまかすか、怒ってみせるか。

　カノンが逡巡《しゅんじゅん》する間も与えず、大公は続けた。

「楽しそうにしていても、君がルーカスを見る目に信頼以上のものは宿ってないし、彼のそれも、シュートやラウルを見るときの熱量と変わらない」

「彼らはルカ様の腹心です。陛下が大切にされるのも、無理からぬことでしょう？」

「おりこうさんな答え。君は仕事熱心だね、カノン・エッカルト」

　大公は、くつくつと笑った。

「まあ、それがいいよ。恋に落ちたらだめだ。あいつに心を預けては、いけない。彼と共に歩んでも楽しいことなんかない。裏切られて泣くだけ――」

道化師が夜会で紡ぐような、あるいは歌うような台詞はやけに確信に満ちている。

「そういう人を知っているよ」

わずかに心配するような声音が混じり、カノンは首を傾げた。

視線に気づいたベイリュートがごまかすように、ふわりと表情を緩める。

「恋をして遊びたいだけなら、僕を選んだ方がいい――僕は優しいし、飽きさせないし、贅沢《ぜいたく》をさせてあげられるよ」

カノンは握られたままだった右手を見つめ――些《いささ》か無礼なほどあからさまに彼の手からぱっと逃《のが》れた。

微笑んだ大公の笑っていない目がじっとカノンを追う。

「おや、ふられた？」

「閣下が与えてくださるものは、別に欲しいと思いません。暮らしに困ってはおりませんし」

なにせシャント伯爵だ。皇族に与えられる名誉爵位で領地はないが多少の年金はある。一人で細々食べていくには全く困らない。

「じゃあ、何が欲しいの」

「ルカ様がお持ちで、大公閣下がお持ちでないものです」

「そんなものあったかな」

カノンは大真面目《まじめ》に頷き素っ気なく告げた。

「真心とか、でしょうか」

ルーカスに真心があるかは疑問だが、少なくとも彼は横暴だが今のところカノンに対しては紳士的だし、欲しいものをくれている。──雇用主としては誠実だ。

あまりにきっぱりと告げたカノンを大公はまじまじと見つめ、やや遅れて笑い出した。

「ハハ！　手厳しいね！　──しかし心外だなあ。僕にだって真心の一つや二つあるかもしれないよ？」

「へえ、どちらに？」

「胸の中を、探ってみては？」

優美な手が、誘うように胸を押さえる。

真心を売り物みたいに数えている時点で論外だ、この女たらし……。

カノンは乾いた笑い声で拒絶し、けだるげな大公閣下から距離を取った。

「ご遠慮します、閣下」

「君がどういう理由でルーカスの下についているかは知らないけれど、誘惑できたらさすがにルーカスも少しは不快に思うだろうか？」

「陛下に傷をつけたいなら、直接どうぞ。私を介在なさらないで」

肩を竦める。ふふ、と大公は微笑んだ。

「私の身内がルーカスのせいで傷つけられるのは、二度目だ」

身内、とはヘレネのことだろう。彼女はタミシュ大公国の出身、彼の忠臣であるフィンツ子爵の娘だ。ベイリュートが真顔になったので、カノンは眉根を寄せた。

「ヘレネ様が回復されるようお祈りいたしますわ」

「君は、ヘレネに会った？」

「一度だけ。皇宮に初めて来たときに案内をしていただきました。朗らかな方ですね」

ベイリュートは金色に見える瞳を細めて、広間で踊るトゥーランの貴族達を眺めた。

「どこの誰かは知らないが、ヘレネを害した奴《やつ》を同じ目に遭わせてやりたいな……」

「そのお気持ちはわかります」

思わず口が滑って同意してしまった。カノンがしまったなと思っていると、ベイリュートが呆気《あっけ》にとられてこちらを見て、ふ、と肩の力を抜いた。

「――貴女《あなた》と同じ気持ちで嬉しいよ。――皇都にいる間は僕とも遊ぼう。またね」

ベイリュートはまた華やかな令嬢達に交ざって消えていく。しばらくその背中を見つめていると、ルーカスがさりげなく隣に並ぶ。

「何か言われたか？」

「ヘレネ様のことを……怒っていらっしゃいました」

そうか、とルーカスは頷く。

皇帝の視線は厳しい。夢の中でルーカスもヘレネのことに怒っていた。

愚かな権力争いを目の当たりにして、すべてがどうでもよくなる、と。至高の座にいる彼が言うと傲慢だが。

煌《きら》びやかな衣装に身を包んだ美しい男女の仲にはミアシャとジョアンもいて楽しそうに微笑んでいる。

あの無邪気で美しい令嬢二人のうちのどちらかがヘレネを傷つけたのだとしたら……、直接でないにしろそのたくらみを知っていたのだとしたら、恐ろしいことだ。

皇太后がルーカスを呼んでいる。

二人は再び腕を組んで、皇太后の元へと戻り、深夜まで楽しく、過ごした。


『――一度、伯爵家に戻られた方がいいかもしれませんよ』

レヴィナスから連絡が届いたのは生誕祭の三日後だった。

魔力を帯びた鏡が通信機代わりに、弟の声を届ける。

どうやら、ルーカスに恥をかかされたことに怒っているパージル伯爵が、カノンの本をすべて廃棄しようとしているらしいのだ。

夜会でのカノンの振る舞いは、パージル父娘のプライドを傷つけたらしい。

『腹いせでしょうね、とにかく、僕が明日は屋敷に戻って廃棄させないようにつとめますから、その間に義姉上もお戻りを。本を早く運び出してしまいましょう』

『そうね、連絡ありがとう』

通信を切って、カノンは机に突っ伏した。

本は高価だ。あのケチな父親のことだから、売ることはあっても粗末には扱わないと高をくくっていたのに！　本を送り出す手配と、大事な本だけは手ずから持ち帰りたい。

「ちょっと家から取ってきたいものがあって――一度、伯爵邸に戻ろうと思うの。陛下にはよろしく伝えておいて」

翌日早朝、ラウルに告げると侍女はわかりました、と重々しく言った。

「シュート卿に伝言を頼みましょう。私が護衛いたします」

「ラウルも仕事が忙しいでしょう？　実家だし私一人で帰るから大丈夫よ」

ラウルは動きを止め、表情を曇《くも》らせる。

「私は姫君の、護衛です。お供いたします」

ラウルはカノンの反論を聞く前に退出し、騎士服に着替えて戻ってきた。

「……騎士姿で行くの？」

侍女姿で行くのかと思っていたカノンは呆気にとられた。

近衛《このえ》騎士の盛装をして帯剣すると、女性には見えない。性別不詳の騎士は、どこか鬼気迫る表情で剣の柄《つか》に手をかけた。

「ご無礼を承知で申し上げますが、夜会でも伯爵の姫君への態度はひどいものでした」

夜会でラウルの気配は感じなかったが、どこにいたんだろうか、と首を捻《ひね》る。

「皇帝陛下の寵姫《ちょうき》に対して、そしてシャント伯爵への態度として、許しがたいものがあります。あのような方の本拠地に姫君を一人で送るなど、できません」

「あー、ラウル……寵姫と言っても数か月後にはお役御免の、いわば部下なので。……私の立場は一緒というか、貴方《あなた》の方が大事かと……」

「それは違います」

気を使わなくても、という反論はラウルがばっさりと切り捨てた。

「カノン様が数か月後どこにいらっしゃるかは……、今の時点では、私如《ごと》きにはわかりませんが、今は皇帝陛下の大事なお方です。命に替えてもお守りします」

ラウルが生真面目に言うので、カノンはありがたくその申し出を受けることにした。

――正直に言えばいくらレヴィナスがいるとはいえ一人で戻るのは心細くもあったのだ。

「ありがとう、じゃあ一緒にお願いね」

カノンも手早く支度し、馬車で伯爵邸に行こうとしたところ、ジェジェがひょい、と窓から顔を出した。魔猫《まびょう》はいつも自由だ。

「カノン、あーそーぼー」

「ジェジェ！　ごめんね。今日は……」

魔猫はぴょん、と耳を立て髭《ひげ》を震わせた。白いホワホワとした胸を反らせる。

「知っているよう、伯爵家に帰るんでしょ？　パパっと行って、パパっと帰ってこようよ、僕めっちゃ速いし！　ルカとダフィネが送ってやれって言ってくれたから、来ちゃった」

ラウルとカノンは顔を見合わせる。

……何はともあれ、カノンはジェジェ達と共に実家へ戻ることになった。


馬車で一日かかる伯爵邸は、本来の大きさに戻ったジェジェに騎乗して行けば数時間だ。魔猫に騎乗して伯爵邸に向かい、カノンを出迎えてくれたのはカノン付きだった年老いた侍女と、執事長だった。

庭に降り立ったジェジェは「疲れちゃったあ」と伸びをしてカノン達を降ろす。

「お嬢様、おかえりなさいませ。お顔の色がよくてようございました――」

「よくお戻りになられました」

老齢の域に達している二人は母が存命の頃《ころ》から伯爵家にいる。まだカノンが伯爵家の一人娘として大事に遇されていた時からだ。他の使用人達は伯爵の不興を買いたくないからだろうか、顔を出しはしなかった。

「久しぶり。貴方達も元気そうでよかったわ。……ゆっくりするつもりはないの、自分の荷物を取りに来ただけ――連絡した通り、図書室へ行くわ。安心して、すぐに帰るから」

老いた使用人達は困ったように顔を見合わせた。

老侍女が恐るおそる口を開く。

「レヴィナス様からお嬢様がお戻りになるのはお伝えいただいていたのですが……、伯爵が……その。お嬢様がお戻りになっても客間以外は通すな、との仰せで……」

ラウルが使用人達に何か言おうとするのを制す。

彼らの立場では何も言えないだろう。カノンはため息をついたが首を振った。

「その要望は聞けないわ。父上に、何か文句があるなら直接命じてくださいと伝えて。今は皇都にいてもここは私の家だし、本は元々母の所有物。パージル家ではなく、シャント伯爵家のものでしょう。保管場所を変えるだけよ」

「お嬢様」

「行くわ。――私が無理を通したと言って構わないから」

さ、行きましょうとラウルを促して伯爵邸に足を踏み入れ、自分の部屋を素通りして久々に小さな図書室に入る。

この屋敷で暮らしていた時は部屋と図書室は屋敷の中で唯一安らげる場所だったけれど、久々に足を踏み入れてみると黴《かび》臭くて湿っていて、お世辞にも快適ではない――。それは翻《ひるがえ》れば、皇宮がいかに過ごしやすいか、ということの証拠《しょうこ》でもあるのだ。

「本を運び込む業者はご指示通り手配しております」

ラウルがきょろきょろとあたりを見回しながら呟いた。

なんだか所在なさげだ。カノンの居場所の劣悪さに驚いているのかもしれない。

「ありがとう。ジェジェに全部運んでもらうには重すぎるから、大切な本だけ持ち帰るわ」

母がこまめにつけていた日記はさすがに持ち出しているが、古代帝国の植物図鑑などの魔術書や歴史書などは持って帰りたい。

「ラウル、お願いがあるの」

「なんでしょう、姫君」

「今から誰かがここに現れて、私に危害を加えても、私を庇《かば》わないで。反撃もしないで」

ラウルが渋面で反論しようとする。カノンはお願い、と繰り返した。

「命をとられそうになったら別だけど、それ以外は何もしないで、我慢していて」

ラウルは渋々承知した。

十冊ほど厳選してあとは搬出の業者を待つだけというところで、廊下から軽やかな足音で、誰かが近づいてくる音がする。聞き覚えのある足音だ。

「久しぶりね、シャーロット」

「お義姉様……」

振り返ると美しい義妹が怯《おび》え切った顔でこちらを覗《のぞ》いていた。

何を怯える必要があるのかは知らないが、背後に若い伯爵家の騎士を二人従えて、零《こぼ》れそうなほど大きな瞳に涙を浮かべて、上目遣いでカノンを見つめている。

「夜会でお会いしたから三日ぶりです。意地悪をおっしゃいますのね？」

「忘れていたわ、ごめんなさい。うるさくしたかしら？」

カノンはちらりとラウルを見た、媚《こ》びるようにしなを作ったので、う、とラウルが戸惑った。

ラウルの性別はよくわからないが、シャーロットに好意を寄せられても困るだろう。

ラウル、侍女姿で来た方がよかったんじゃないかなあとカノンは呆れた。

「お義姉様はまだ怒っていらっしゃるのね？　オスカー様が私を選んだから。それで、当てつけで皇帝陛下を好きなふりをしていらっしゃるんだわ……」

シャーロットはきゅ、と唇を噛《か》む。

「お可哀《かわい》そうな陛下。お義姉様の復讐《ふくしゅう》に利用されているなんて……」

たわごとを紡ぐ唇はイチゴ色。本当に外見だけなら飾っておきたいような美しさだった。

しかし、カノンは辟易《へきえき》しながら首に手を当てて首を鳴らした。

疲れる。本当に、話の通じない相手との会話は――疲れる。

「シャーロット。もう一度、正直に言うわ。私は貴女のオスカーには全く興味がないし好きでもないし、もっと言えばあんな顔しか長所がないぺっらぺらの男は昔から、ずっと大嫌いだし、貴女と、とーってもお似合いだと思っているわ。どうか遠くで貴女とお幸せになってほしいというのが、偽りなく本心よ。――貴女も本当は理解していると思うけど」

シャーロットが、というより背後にいる騎士二人がカノンの言葉に目を逸らした。

彼らにとってもオスカーはそういう存在なのかもしれない。

それに、とカノンを付け加える。

「オスカー様への当てつけにルカ様を好きになったりなんかしないわ。そんなもったいないこと誰がするのよ。二人を比べたらドラゴンと蟻《あり》ぐらい差があるじゃない」

もちろん、とカノンは半眼になった。

「オスカー様が、蟻よ」

ひゅ、と息を呑《の》み、砂糖菓子のような義妹は涙声になった。

「……ひどい、お義姉様。そんな負け惜しみを言って私を虐《いじ》めるのね……？」

虐めるというか、喧嘩《けんか》を売ってきたのはそっちではないか、と思ったがカノンは、反論を呑み込んだ。何を言っても都合よく解釈されるのは本当に業腹だ。

カノンが「自分より幸福でかつ優れているシャーロットを妬《ねた》んでいる」という前提で話を進められるので、永遠に噛み合わない。

「話が終わったら部屋に戻って。私も用事が終わったら屋敷からすぐに消えるから」

頭痛がしそうになって、こめかみを押さえたとき、聞き慣れた声が耳に飛び込んできた。

「――私に許可なく、何をしているっ！　シャーロット、大丈夫か」

「父上、ただいま戻りました」

カノンは扉を開け放って現れた伯爵に素っ気なく挨拶した。

シャーロットがお父様、と小さく呼んで背中に隠れる。

「戻って早々、私に挨拶もなしかっ！」

カノンはにこりと父親に微笑みかけた。

「事前に帰る、とはお伝えしていましたが。何もご返答がなかったので。お留守かと」

「なんだ、その物言いは？　ずいぶんと偉くなったものだな」

「はい、父上。皇帝陛下のご厚情により、母上が継承するはずだった伯爵位を賜《たまわ》りました」

パージル伯爵が鼻白む。

伯爵位なので貴方と同じ爵位だ。何を怖がる必要もない。との意図に気づいただろう。

「ハッ、……陛下のご厚情だと？　未婚の娘のくせに、ふしだらな」

未婚の娘のくせに、姉の婚約者を誘惑した妹はいいのだろうか。

「おまえのような可愛げのない娘を陛下が気に入るはずがない。何を売ったか知らないが……！　すぐに飽きて捨てられるのがオチだ。せいぜい今のうちに楽しむがいいっ」

(合意の上で）ルーカスに捨てられるのは数か月後の予定なので、父の勘は正しいが、ここでは否定しておかねばならない。カノンは平然と言った。

「皇帝陛下のお心を疑うということでしょうか、不敬ですね？」

パージル伯爵はますます顔を赤くした。

「その、物言い――、皇宮の威を借る言葉。おまえは本当に姿も中身も母親にそっくりだ。可愛げのかけらもない……っ！」

「そうでしょうか？　姿形はともかく、私の中身は父上に似ていると思うのですが。母上は私と違って、常に朗らかな方でした」

「口ごたえをするのも、そこまでにしろっ！」

伯爵が詰め寄って頬をはたかれ、よろめいたカノンをラウルが支える。

きゃあ！　と叫んだシャーロットの口元が笑っていたのを横目に捉《とら》えて、カノンは口元を拭《ぬぐ》った。指に血がにじむ。どうやら、手が当たった拍子に口の中が切れたらしい。

「実の父上とはいえ、無礼が過ぎるでしょうッ……」

ラウルがカッとなって剣の柄に手が伸びそうになるのをカノンは手で押さえた。

冷静沈着《れいせいちんちゃく》そうに見えてラウルは気性が荒い。さすがに伯爵家で刃傷沙汰《にんじょうざた》はまずい。

「父上。伯爵が先に私に暴力を振るったのはここにいる近衛騎士のラウル卿が目撃しています。皇宮に戻って、事の次第を皇太后様と陛下に報告します。問題にしますよ」

うっ……とパージル伯爵は言葉に詰まった。

「それがお嫌なら、ここは引いてください。すぐに帰りますから」

だが、伯爵は憎々し気に首を振った。

「その口調！　……おまえは、本当に母親そっくりだ。実の父親だと？　あの女が……本当に私の子を産んだかどうか疑わしいものだ」

カノンはあまりな物言いに、動きを止めた。

「……どういう意味です」

「イレーネは私や伯爵家を嫌ってたびたび皇宮に帰っていた！　自分だとて、皇族の血筋とはいえただの傍系ではないかっ！　きっと皇宮で他の男と……」

言いかけたパージル伯爵は蒼褪めたカノンに口をつぐむ。さすがに言いすぎたと気づいたのだろう。カノンは絶句しつつも、どこか納得もしていた。

――父と母は不仲だった。

父は、どこかでずっと、母が不義を働いてカノンを産んだと思っていたのか……。だからカノンを疎《うと》んでいたのか、と。常に護衛がつく立場だった母が、不貞を働く機会などあったはずがないのに！

「ご自分が母上を裏切っていたからと言って、同じことを母がすると？　母は、そんな恥知らずな人ではありません。それに、いかにこの家で蔑《ないがし》ろにされても、父上の悪口を母上が私に口にしたことは、一度だってありませんでした！」

朗らかな人だった。いつも本を読んでくれた。

父がいないことを寂しがるカノンに、お父様はお仕事で忙しいのよ、と下手《へた》な嘘《うそ》をつくような人だった――それを！

カノンの怒りに、父が母を「裏切っていた」証《あかし》であるシャーロットもさすがに沈黙している。殴られた側の頬が、今更じんじんと熱をもって痛くなってくる。

思ったよりも強い力で殴られたようだ。

「……揉《も》めるのがお嫌なら、私に構わずこのままご自身の部屋に戻ってください。本を持って大人しく、皇宮に帰ります。そして、ここへは二度と戻ってきませんから」

パージル伯爵の青い目が憎々し気に光る。

「この家にあるものは、すべて私のものだ。すぐに帰れ。――暴力だと？　なんとでも陛下に泣きつくがいい。お前の証言など誰が信じるというのだ？　一介の近衛騎士の証言と私の言葉、どちらを陛下が信用するか、考えてみるといい！」

ラウルが反論しようとした時、伯爵の後ろからくつくつと笑い声が聞こえてきた。

「――俺が誰を信用するか？　そんなことは卿に心配される必要ない」

あくまで楽しむような声に、場が凍り付いた。

そして、この声の主を、この場にいる誰もが知っている。

シャーロットは慌てて壁の側に控え、パージル伯爵は不自然なほどゆっくりと喉仏《のどぼとけ》を上下させて、唾《つば》を飲み込んだ。

「……ルーカス、様」

トゥーラン皇国の皇帝はずいぶんとラフな格好でそこにいた。

動けない一同を尻目《しりめ》にずかずかと書室に入ってくるとカノンの頬に触れた。

「腫《は》れないうちに帰るぞ。はやく冷やせ」

「……どうしていらっしゃるんですか、ここに……」

気を取り直したカノンが恐るおそる尋ねるとルーカスは、はは、と笑顔を浮かべた。

「ジェジェに転移の鏡を持たせていた」

小さな鏡経由で執務室から直接現れたらしい。ルーカスの足の後ろに、白猫が現れてにゃおん！　と楽し気に鳴く。ラウルが陛下、と彼の前に膝《ひざ》をつく。

「ラウルが手配しただろう。俺が――搬送業者だ」

「え？」

「カノン・エッカルト・ディ・シャント」

名前を――彼がカノンにくれた新しい名前を呼ばれ、カノンは慌てて背筋を伸ばした。

「はい、陛下」

「持って帰りたいのはこの部屋の本だけか」

魔術書が数冊、元のカノンの部屋にあった気もするが、あれは諦《あきら》めよう。たいした本ではない。眠りを深くするような魔法を仕込んだ……まあ、他愛《たわい》のないものだ。

「そうです」

「わかった」

ルーカスが何か呪文《じゅもん》を唱えると、くらりと、部屋が揺れるような感覚がした。

風が吹いたと思った次の瞬間には本棚が消えていた。

魔法だ。

以前、物を収納させたのは見たが、こんなに大量の物を移動することができるとは思ってもみなかったのでカノンは頬の痛みも忘れてあんぐりと口を開けた。

「さて、俺の部屋に本はすべて転移させておいた。あとで取りに来るといい。ああ、シュートがつぶれていないといいがな……」

皇帝は、呑気《のんき》に笑う。

「パージル卿。カノン・エッカルトの希望で、本を皇宮に移したが、あれは彼女の物で間違いないか？　卿のものならば対価を払うが。いくら欲しい？　値を言え」

「……なっ……」

パージル伯爵が口をパクパクとさせたが、皇帝に本を売りつけるなど、できるはずもない。

「対価など……結構です、陛下。——その……お見苦しい、親子の言い争いを……」

もごもごと口ごもった台詞をパージル卿が途中で遮った。

「先ほどは違うと言ったくせに、本当は親子なのか？　そうではないのか？　ただの失言か？

それとも皇帝の寵姫への侮辱か？　どちらだ」

ルーカスの挑発に、パージル伯爵は沈黙した。

ルーカスはふん、と鼻を鳴らした。

「まあいい。別にカノン・エッカルトの父親が誰でも構わない――。其方《そなた》がいらないのなら、本もカノン・エッカルトももらっていく。――さあ、戻るぞ、姫君。忘れ物はないな？」

差し出された手をカノンはぽかんと見つめてしまい、ややあって、それが自分に対して差し出されたのだと気づく。――大きな手に、自分のそれを乗せた。

視界にちらりとパージル伯爵が映ったがきっぱりと言った。

「ここに忘れた物は、もう、ありません――なに一つ」

「ならばいい。ラウル。ジェジェに騎乗して戻ってこい。俺は先に姫君と皇宮に戻る」

「御意」

思いのほか強く手を引かれてたたらを踏む。

肩を引き寄せられて顔を上げると、赤い瞳と視線がかち合う。気遣う色が混じっていたことに気づいて、大丈夫ですという意味を込めて見つめ返すとぐしゃりと髪を乱された。

「……へ、陛下」

横を通り過ぎようとしたときにシャーロットが上擦った声で呼び止めた。

言い訳か、それとも謝罪をしたかったのか――が。

いや、違う。媚びるような目で見上げたからには何かしらルーカスの心が動くことを期待していたに違いない。

ルーカスは美貌の妹と視線を交えて、スゥと目を細めた。

「許しなく、俺に直接声をかけるな。口をつぐめ」

あからさまに不快をにじませられ、彼女はぐっと押し黙った。

その手が震えているのはたぶん、恐れではなく屈辱からだろう。

ルーカスは数歩歩いて思い出したかのように足を止めて、シャーロットに視線もよこさずに冷たく言い放った。

「俺が可哀そうだと言ったな？　カノン・エッカルトに利用されて哀れだと。――いい女に利用されるならそれは楽しい。勝手に憐《あわ》れむな。おまえにそのような権利はない」

シャーロットが蒼褪めてよろめいた。

「もはやここに用はない、帰るぞ」

ルーカスが宣言するが早いか、視界がくらり、と揺れる。

――覚えのある浮遊感を味わった数瞬ののちには、カノンはルーカスの執務室にいた。

カノンは転移鏡の前にへたり込む。

「どうした？　疲れたか？」

床にうずくまったカノンを眺めて、ルーカスが首を傾げた。

「少し……。父とあれだけまともにぶつかったのは初めてなので、緊張していたようです」

とルーカスはカノンに手を伸ばした。

「侍医を呼ぶ。冷やしておけ。……殴ってくればよかったな」

「陛下のお手を煩《わずら》わせるまでもないです。それよりも、お見苦しいところを……お見せしました。今度何かあれば、自分で殴ります」

ぎゅ、と拳《こぶし》を握りしめて無理におどけると、ルーカスはその拳を握った。

「姫君」

「……はい」

らしくなく、優しい声なんか出さないでほしい。

「カノン・エッカルトの母君には俺も会ったことがある。まだ小さなおまえにもな」

「え」

カノンは声をあげたが、考えてみればそれは意外でも何でもない。イレーネは嫁いでからも後見人だった皇太后に会うために皇宮に戻ってくることがあった。

「何度か皇太后の部屋で話をしたこともある。朗らかな人だった。不当に貶《おとし》められて悔しい気持ちはわかる。娘が名誉を汚されて怒るのは正しい」

ルーカスらしくない、あまりに優しい声で言われるのでついうっかり鼻の奥がツンとしてしまった。それを悟られたくなくて、カノンはそっぽを向いた。

「陛下に借りが増えました。庇っていただいただけでなく、本まで運んでいただいて」

ルーカスが、しゃがみ込む。膝に肘《ひじ》をのせて、頬杖《ほおづえ》をつく。

せっかく逃れた視線がばっちり合ってしまってカノンは目を泳がせた。なんだか落ちつかない。

「別に恩に着せたつもりはないぞ。そうしてやりたかったから、しただけだ。気にするな」

「ええと」

「姫君は夜会でよく務めを果たした。――その報酬の一つだ」

……そんな風に、優しくしないでほしい。

あまり慣れていないのだ。

「――あ、そ、そうだ。本を片付けなくちゃ――ぎゃっ」

カノンが立ち上がると、移動した本棚の前で正座している人影があった。予期していなかったのでつい叫んでしまう。

よくよく見れば、ルーカスの側近、シュートだった。

「なんだ、いたのかシュート」

ルーカスが目を丸くすると、生真面目な風貌《ふうぼう》の騎士はやや気まずそうに頷いた。

咳《せき》払いをして、立ち上がる。

「……気づいてくださってよかったです、我が君。つい、お声をかけづらく」

「最後まで姿を消しておけ。肝心なところで気がきかぬ奴だな」

何か言いたげにカノンを見るので、カノンはぶんぶんと首を振った。

「も、申し訳ありません！　何もないですので、あ、その、本を片付けに――」

何で私は今慌てふためいているんだろうと思いながらカノンも立ち上がると、シュートはなぜかにこにこと微笑んだ。

「――いえ、気配を消す努力をもっといたしますので」

何の努力なんだろうか、それは。

ところで、とシュートはルーカスを見た。

「早々にお耳に入れたいことがございます、我が君」

「何かあったか」

シュートの纏う空気が、少しぴりついたものになったので、ルーカスが眉を寄せた。

「タミシュ大公国の留守居が書簡をお持ちになりました。外交部に回しましたが……」

「書簡？　ベイルが現在も皇都にいるのに、わざわざ、か？」

何やら面倒な話になりそうだ。

カノンがここにいていいのかとルーカスを仰ぐと、ここにいろ、と手を握られる。

「ベイルは、皇都に来るのを嫌がっていたな。書簡で何を望んでいる？」

それが、とシュートはため息をついた。

「ユブロンの返還をタミシュ大公国側は拒否する、と──」

ユブロンはタミシュ大公国とトゥーランの国境にある小さな街だ。規模は小さいが、港があり、他国との交易が盛んな街でもある。二国の諍《いさか》いを治める条件として五十年前からタミシュ大公国に貸与されていたものだったのだが──。

「なるほど。ユブロンの税収は、タミシュにとっては失うのは惜しいだろうからな。しかし、書簡をもらったからといって猶予を認めるものではない……何を理由に拒否すると」

シュートは声のトーンを落とした。

「ユブロンの返還の条件には、二か国が円満な関係であること、という条項があります。トゥーランが過去、タミシュに行っていたような侵攻を行わない情勢であることが大前提。今は二か国の間に和平が保たれていない、と大公閣下はお怒りです。ですので、反故《ほご》にしたいと」

トゥーランなんかに来たくはなかったのだ、と確かにベイリュートは怒っていた。

「我らはこの五十年、タミシュに危害を加えていないが。ベイルは、なんとほざいている？」

「ヘレネ様が毒を盛られたのは、タミシュ大公国へ我が国が何か含むところがあってのことではないか、と。ヘレネ様のご実家は大公閣下のご一門にしか過ぎませんが……、皇太后陛下の侍女となられるときに、……その」

シュートは困り顔を浮かべた。

「ベイル様の叔父上《おじ》の、養女となっておられます」

「──そうだったな」

ルーカスも、はあ、とため息をついた。皇宮に出仕するときに身分の高い家に入ってから格を上げてくるのはよくあることだ。場合によっては、皇妃に選ばれることもあるのだから当然だろう。しかも周囲の令嬢は公爵令嬢や、上位貴族ばかりだ。

「……ヘレネ様は私に会った時は、フィンツ子爵家だと名乗っていたわ」

「ご本人は、あまりそういうことにこだわる性格ではいらっしゃらないので」

「そうだったのね」

ルーカスは前髪をかき上げて、天井を仰いだ。

「それで、ベイルは書簡で何と言っている？」

はい、とシュートは主《あるじ》を仰いだ。

「ヘレネ様が全快されるまでは、調印はしないと──そして、誠意として、毒を盛った犯人を探し、引き渡してほしいとのご希望です」

ヘレネは今でも、ほとんど臥《ふ》せっている。

毒を盛ったのは、ミアシャかジョアンか……。本人達が実行犯として動くことはないだろうが、手のものが茶に毒を混ぜた、とそう考えているものは多そうだ。

「……それができぬのならば、返還を引き延ばせ、と──ふっかけてきたな」

ルーカスはやれやれと首を鳴らした。

「ヘレネは、ベイルに言われずとも何とかしてやりたいが、調印の延期など話にならん」

「……書簡は無視なさいますか？」

「大使を朝一で呼んでおけ。要求を直接聞こう。ベイルは放置でいい。あいつが来るとややこしくなりそうだ」

ルーカスの眉間に皺が深く刻まれる。

姫君はひとまず休め、と言われてカノンは大人しく従う事にした。

本の山は離宮にあとで配置してくれるという。慌ただしくなるシュートとルーカスと別れて、カノンは一人、ぽつんと部屋のベッドに寝っ転がって天井を眺めた。

侍医が診《み》てくれたので、頬はもうほとんど痛まない。

……ルーカスに妙なところを見られてしまった。

一人で啖呵《たんか》を切るはずが、庇われて――得難い言葉をもらった。

にもかかわらず、彼が忙しい時に、なんの役にも立てないのが悔しい。

万が一、このまま式典もないなら、カノンは全く無為の長物になる。

「別にカノン・エッカルトの父親が誰でも構わない――。其方がいらないのなら、本もカノン・エッカルトももらっていく」

ルーカスの言葉を思い出して、目を閉じる。

カノンが役に立つと思ったから、ルーカスはカノンを所有してくれようとしたのに。

役立たずのままでいるのは嫌だな、と思いながら――カノンは目を閉じた。

★第六章　ほどける

「シャント伯爵、お久しぶりですね」

ルーカスが忙しくしている数日の間、カノンは再び図書館へと足を運んでみた。

上司であるゾーイ館長がにこやかに出迎えてくれた。

「その節は、色々とお世話になりまして……」

壮年の夫人はホホと何食わぬ顔で微笑《ほほえ》んだ。

昼行燈《あんどん》を絵に描《か》いたような館長は、たぶん、ルーカスからすべての事情を聞いている。

カノンを騙《だま》してルーカスに人身御供《ひとみごくう》よろしく突き出されたことを思い出して、カノンはにやりと笑ってみせた。

「どうかしばらくお待ちになっていてくださいませ。館長になって戻ってきます」

カノンの宣戦布告に、ゾーイ館長は苦笑する。

「騙し討ちのようなことをしたのは、どうかお許しください、伯爵。私も昔からあの方には逆らえないのですよ。悪かった、と思っております」

確かに皇帝の悪だくみに意見できる臣下はいないだろう。それはまあ、よくわかる。

仕方ないとカノンはため息をついた。

「わかりました。許します……代わりと言ってはなんですが、ゾーイ館長にお聞きしたいことがあったのです」

「私でわかれば、なんなりと。伯爵」

第二図書館の、半地下の隠し部屋のことだ。攻略対象七名のことが書かれたと思《おぼ》しき、七冊の魔術書が保管されていた部屋。もう一度あの部屋に行って「怠惰」、ベイリュートの本を覗《のぞ》いてみたい。

本を読めば、ベイリュートが今になって返還をしない、などと言い出した理由がわかりそうな気がするのだ。しかし、自分で何度地下室に行こうとしてもたどり着けない。

ゾーイ館長に聞けば何か知っているかと思ったのだが——。

「このあたりに部屋が存在した、と思うのですが」

「隠し部屋？　ですか。覚えがありませんが」

カノンが第一図書館の、部屋があったあたりできょろきょろと見回すとゾーイ館長は首を傾げた。ゾーイ館長がわざわざ持ってきてくれた見取り図を二人で覗き込むが……それらしき場所はない。

——カノンは考え込んだ。

しかし、あの部屋が、勘違いなわけはないのだ。

何せルーカスの業を示した「憤怒」の魔術書はカノンの寝室に今もあるのだから。

「第二図書館は、以前宝物庫として使われていた建物です。すぐれた魔術師でもあらせられた初代皇帝陛下が建築に携わっておられたので、魔術的な仕掛けがあるのかもしれませんね」

「――魔術的な、仕掛け」

ゾーイ館長が言う通り、部屋に入るのには何か条件でもあるのかもしれない。

それが何かわかればいいけれど、と思いながらカノンは少し第二図書館を散策することにしてみた。ラウルが迎えに来るまでの数時間だが。

しかし、歩いても地下室への手がかりはまったく現れない。仕方なく本棚に手を伸ばす。

――古代帝国の遺物や歴史書を見るのは楽しい。

いくつかの本を手に取って、そのうち、魔術書を開いてみる。古代の遺物を立体的に映しだして解説する魔術書は少なくないが、これは主に花々を解説しているらしい。

今はもうこの世にない、歌う木や、伝言できる花、人に似た形に姿を変える木々もあったらしくカノンは感心した。

魔力を込めたそれらは、ただの花と言うよりもはや魔道具に近い。

「あれ、これ？」

見たことがあるような花だ、と記憶をたどっていると……視界に急に影が差して暗くなる。

「やあ、姫君」

いきなり声をかけられて、カノンはぎゃと声をあげそうになった。

「図書館では静かにしないといけないんじゃないか？」

「……大公閣下、なぜここに？」

タミシュ大公、ベイリュートは艶《つや》やかな黒髪をさらりと耳にかけた。

逐一、行動が気障《きざ》だ。

「君を散策にでも誘おうと思ったら図書館にいると聞いてね。少し話でもしないかと」

「私と、閣下がですか？　何のために」

「君に興味があるし、――口説こうと思って」

カノンは肩を竦《すく》めた。

「遠慮申し上げます。それに図書館は学びの場所で語らいの場所には向かないと思います」

「そう嫌がらないで。なんなら本を読む君を眺めているだけでも楽しい」

目の前に座ったベイリュートにじっと熱っぽく見つめられる。

全くその気がないとわかっているので怖いだけだが、世の女性達が騒ぐのも頷《うなず》ける甘い美貌《びぼう》だった。――ベイリュートをもてなす準備は色々としてきたが、あくまでルーカスを介しての関係しか想定していない。

一人で相対したらうっかりぼろが出そうだ。饗応《きょうおう》が終わってからなら構わないがいま彼にカノンが「ただの」皇帝の部下だと知られるのはよろしくはないだろう。

――にこにこと微笑むベイリュートにカノンは諦《あきら》めた。

「お話だけでしたら休憩室がありますので、ご一緒しましょう。本を置いてきますわ」

少しだけお待ちくださいね、とカノンは棚に本を戻しに向かい、本棚にたどり着くその途中で足を止めた。

「……階段が、ある？」

先ほどまでは確かに存在しなかった階段がある。そして、あの日に見た鏡も！

「……何かの条件がそろったのかしら？」

鏡に手を伸ばすと覚えのある感覚が襲ってきて次の瞬間には、例の小部屋の中にいた。

カノンは部屋を注意深く見渡した、地下室の棚にはカノンが自室に持ち込んだ「憤怒」を除く六冊の魔術書が保管されている。

以前見たオスカーの「傲慢《ごうまん》」とレヴィナスの「嫉妬《しっと》」の背表紙に加えて、「怠惰」のタイトルが増えている。

「……華麗にて怠惰なるベイリュート」

カノンが本を手に取ると背表紙がほのかに光った。


広い部屋で、小さな男の子が泣いている。まだ、十歳にもなっていないだろう。

『泣かないでください、ベイルさま』

『……どうして、僕を置いてトゥーランなんかに行ってしまうの？』

男の子の隣で、少しだけ年長の男の子が慰めている。

『トゥーランにいる恩人が、僕を引き取ってくださるそうです。いつまでもここにいることは許されません。ベイルさまとお別れするのは寂しいですが、きっといつかまたお会いしましょう』

小さな男の子は「おにいさま」と小さく呟《つぶや》いた。

その口に指を当てて、「おにいさま」は首を振った。横顔から、人の物ではない黒い耳が覗く。

人狼《じんろう》族の少年のようだ。

左右色違いの瞳《め》を少年は細める。

『僕のようなものをそう呼んではいけません。どうか、お元気で――いつか、立派に成長された若君にお会いできるのを楽しみにしています』

お守り代わりです、と左耳から青い輝石の耳飾りを外して、そっと男の子に持たせる。

彼は微笑んで、男の子の前から去った。

場面が遷移して、暗い部屋の中で少年が怒っている。

『訃報《ふほう》なんて信じない。あの人が、なんのために……誰《だれ》のせいで……』

まだ十四、五の少年が何かの報せだろう紙を千々に破いて怒っている。

『……どうして、彼が……奴《やつ》を守って死なねばならない？』

ベイリュート様、と側《そば》にいた侍従がなだめるが少年は自分に構うなと吐き捨てた。

『……善良に懸命に生きてきた人が、無為《むい》に命を落とすなんて』

少年は奥歯を噛みしめた。

『この世界は、不条理だ……それを、彼にも味わわせてやらねばならない』


本が閉じられていく。

ベイリュートの暗い視線と共に、だ。

タミシュ大公ベイリュートは――この虚《むな》しさを、思い知らせてやりたいと、そう願っている。

彼に、……思い知らせて……。


不穏な一文が本に刻まれて、閉じる。

光がまぶしいと思った次の瞬間には、カノンは再び鏡の前にいた。――階段はどこにも見当たらない。

「……今のは大公閣下の過去よね？」

ずいぶんとほのぐらい映像だったが……と思うが、不穏なのは結びの文だ。

(思い知らせてやるしかない)

これはきっと、ベイリュート少年の本音だろう。では、相手は誰なのだろうか、と考える。そもそもあの映像のベイリュート少年の前に映っていたのは……。

カノンが立ち尽くしていると、背後から「カノン？」と名を呼ばれた。

不審気なベイリュートがこちらを眺めている。

「閣下」

カノンは思わず、ぎゅ、と胸元に当てた手を握りしめた。

夢でベイリュートがもらっていた青い綺麗《きれい》な耳飾りは彼の左耳の耳朶《みみたぶ》についている。

「戻りが遅かったのが気になったのですが、ご気分でも？」

「ええ、持病の貧血が……」

曖昧《あいまい》に笑うと、ベイリュートがそれは心配ですね、と手を差し出してくれる。

支えてやる、ということだろう。

さすがにこの手を取るのはどうだろうか。下手《へた》なごまかしなどせねばよかったなと後悔していると、待ちかねていた声が二人の間に割り込んだ。

「――姫君、お迎えに上がりました」

振り向けば、ラウルが騎士姿で控えていた。

「迎えが来たようです、大公閣下。――せっかくのお誘いですがお茶はまた後日」

「それは残念だな」

「いずれ」

あっさりと引き下がってくれたことに感謝する。

ベイリュートに転移鏡を使っていることを知られてはよくないだろう、と二人は図書館の玄関から外に出て、馬車で帰ることにした。

「大公閣下は何の御用だったのです？」

ラウルが心配そうに聞く。

カノンは痛むこめかみを親指で押した。

「親交を深めませんか、とのお誘い」

「大公閣下は……勇気がおありになる。陛下の不興を買うでしょうに」

ラウルの眉間《みけん》に皺《しわ》が寄った。

「大公閣下は陛下とご学友だった、と聞いたけれど……仲が良くないのかしら」

カノンを誘惑すれば、皇帝に何か含むところがあると思われても仕方ない。むしろ進んで不興を買おうとしているようにすら見える。

図書館で見つけた本、ベイリュートの記憶。

――以前覗くことになった、ルーカスの記憶……。

記憶を整理しながら、カノンはラウルに頼む。

「確かめたいことがあるの。急で悪いけれど治療院の所長に会えるように手はずを整えてくれないかしら。できれば、今すぐ」


治療院経由で皇宮に戻り、ルーカスの執務室に顔を出す。

――とよれよれになったシュートがお帰りなさいませと出迎えてくれた。

あまりの顔色の悪さにカノンは心配になったが、同僚のラウルは辛辣《しんらつ》だった。

「ひどい顔だな、シュート。近衛《このえ》騎士ともあろうものが情けない。陛下のお側に控えるならば、隙《すき》を見せるな。その間の抜けた顔をどこかで取り換えてこい」

「……おかえりなさい、ラウル。ご忠告、肝に銘じますよ……」

元々ラウルとシュート二人でこなしていたルーカスの身の回りの雑務を、今はシュートが一人でこなしているのだ。忙しいのは半分カノンのせいもあるので、カノンは同情を込めた視線でシュートを見つめた。

「ラウル卿ももう少ししたら元に戻れるでしょうから。それまで頑張ってくださいね」

ベイリュートがタミシュに戻れば、カノンも晴れてお役御免だ。

ラウルも元の職場に復帰する。そうすればシュートの仕事も楽になるはずだ。

ラウルとシュートはカノンの言葉に、顔を見合わせた。

「……どうか、姫君。そのようなことをおっしゃらず。陛下も寂しがられます」

「むしろ、ずっと皇宮にいらっしゃってください」

騎士二人に惜しんでもらえるのは、悪い気分ではない。

「ありがとう、館長職についても、たまには遊びに来るから」

ラウルはそうではないのですが、と額に手を当てた。

「シュート卿。陛下にお話があったのですが、まだお忙しいですか？」

「──構わない、入れ」

答えたのはシュートではなく、ルーカス自身だった。

ジャケットも脱いで寛《くつろ》いでいる、と言うよりかは少し疲れているようだ。

「お前達は下がれ」

「はい、陛下」

シュートとラウルは頭を下げて扉の向こう側に消えていく。

「夜に来るのは珍しいな？　どうした」

「ルカ様に聞きたいことがあったので」

「俺《おれ》に？」

シャツのボタンがいつもより余計に外れているし、髪の毛もぐしゃりと乱されている。

シュートと共にいろいろな書類に目を通していたようだ。

──性格の悪さにも感心するが、仕事量にも感心する。

「お疲れなら明日、出直しましょうか？」

「構わない、と言った」

手招かれて隣に座る。

促されて、カノンはルーカスの横顔をしげしげと眺めた。

いつか見た、少年の頃《ころ》のルーカスの映像を思い出す。

まるでその場にいたかのように、すぐ隣で……横顔を、見た。

「ヘレナ様のお見舞いに伺った時に、治療院の所長にお話を聞きました」

「所長に？」

「二十五年前、先代のタミシュ大公の正式訪問のことを色々と教えていただきました。皇太后《こうたいごう》陛下の侍従長時代のことも色々とお伺いしました」

今日も訪問したのだ、とカノンは告げた。

「所長の護衛であるキリアン様にもお会いしました──」

ルーカスの表情が動く。

「キリアン様は、陛下の侍従でもいらしたんですね？」

めずらしく、ルーカスが沈黙する。

ややあって、決まり悪そうに頬杖《ほおづえ》をついた。

「あいつはどうしていた」

「所長の元で、楽しく過ごしていらっしゃいましたよ」

キリアンは昔、今のラウルやシュートのようにルーカスの側仕えをしていたが、とある事件で大怪我《けが》をした後遺症で、剣が以前のようには使えなくなり、騎士を辞したらしいが……。

「あれが怪我をしたのは、……以前、叔父が俺を殺そうとしたときに、俺を庇《かば》ったせいだ」

——魔術書からカノンはその場面を見せられているが、沈黙した。

八年ほど前、叔父であるコーンウォル卿をルーカスが軟禁した事件は貴族ならば誰もが知っている。その理由をルーカス側はコーンウォルの謀反《むほん》だと言い、コーンウォル自身と一部の支持者は冤罪《えんざい》だと主張する。今でも、だ。

「キリアン様のお怪我はだいぶ良いようでしたよ。——騎士になるのはともかく、侍従に復帰はされないのですか？」

「あの当時は事件に関わっていたと知れるとまずかったんだ。だから死んだことにした。……そろそろ戻ってきてはどうだ、とシュートから度々打診させてはいるが、あいつが戻りたがらん——己の出自を気にしているんだろう」

カノンはなるほど、と呟いた。

「キリアンにやけにこだわっているようだが、何が言いたい？」

カノンは雇用主を見上げた。

「偶然ではあるのですが、ベイリュート様のお怒りを鎮める方法を見つけたかもしれません」

魔術書が見せてくれた映像が「そう」であるのなら、カノンの推測は正しいはずだ。

「ですので、お願いがあるのです。キリアン様を、陛下のお力をもって……生き返らせてください。ませんでしょうか？　そして、大公閣下を私的な茶会にお招きしてもよろしいですか？」

『推測』を告げると。ルーカスは驚いたようにカノンを見た。

「……些《いささ》か突飛な推測だが。違っていたらどうするつもりだ？」

――魔術書がカノンに見せた風景をカノンは疑っていない。なぜならオスカーとレヴィナスの現状が本に記載されていることと一致しているからだ。

だが、そんなことを言ってもルーカスを混乱させるだけだろうし、下手したら妙な異能を持つ人間だと警戒されかねない。

「私が失敗しても、陛下は傷を負われないでしょう？　何もかも、私の気まぐれですから」

カノンはあくまでルーカスの恋人（役）であって何か公的な役職にあるわけではない。

「飛び道具みたいなものです。たまにはお使いください」

ルーカスは呆《あき》れ顔でカノンを見た。

「飛び道具と来たか」

「お役に立ちます、……たぶん」

「わかった。姫君の計画に乗ろう」

意気込んでいると、ルーカスはちょっとむっとした顔でカノンの両頬《ほお》を抓《つま》んだ。

「……なんですか、また」

皇帝はスキンシップ過多な男だが、カノンの頬にはやたら触れたがる。

柔らかな頬、とかそういう造形ではないと思うのでいつも解せない。

「……役に立つとか、立たないとか。そういう物差しで自分を評価しなくてもいいぞ。カノン・エッカルト」

「仕事をこなしたいだけです。衣食住、すべて与えていただいているのに何も返せないのは、心苦しいを通り越して、忸怩《じくじ》たる思いですので」

ルーカスは大きくため息をついた。

それから、語りだす。

「皇太后は、イレーネに良かれと勧めた結婚で、彼女があまり幸せにならなかったのを悔いていた。イレーネの死後、カノン・エッカルトがあまり伯爵と仲が良くないのも気にしていた。だが口出しせずにいたのは、姫君が侯爵夫人になると思っていたからだ」

だが、オスカーはカノンをあっさりと見捨てた。

「カノン・エッカルトに恋人役をしてもらったのは。まあ、俺にとって姫君が都合のいい立場だったからだが——罪滅ぼしでもある」

だから、とルーカスは言った。

「今まで支援できなかった分を返すだけだ。余計なことは考えず享受《きょうじゅ》できるところはあますところなく受けておけ、いいな」

カノンが「はあ」と言うとルーカスは頑固だなと舌打ちしてカノンの肩に頭を預ける。

「……役に立ちたいと言うなら、詩の朗読でもしろ。——俺が眠るまで」

「ええ？　……ルカ様、重いですよ」

「うるさい」

カノンは仕方なくルーカスの本棚にあった詩集を持ってきて読み上げる。

「私、朗読は下手ですよ。ルカ様」

「……目をつぶって我慢してやる」

仕方なしに読み上げ始める。

だんだんとルーカスからかけられる体重が重くなる。

寝息が聞こえてくるのを確認してカノンはそっと本を置く。

「……お疲れ様です」

寝顔は意外にも幼く見えるな、と妙な感想を抱きながら、カノンは欠伸《あくび》をした。

カノンも今日はいろいろとあって、疲れた。

目を閉じて今日の出来事を反芻《はんすう》しながら……、やがて自身も眠りに落ちてしまう。

物音がしなくなった室内に、恐るおそる足を踏み入れたラウルは、平和に眠って寄り添う二人を見て苦笑した。

「お二人ともお疲れでいらっしゃいますね」

――少しだけ、そのまま。

物音を立てずに。

有能な騎士は扉を再びそっと、閉じた。

★第七章　答え合わせ

「改めて招きにあずかるとは思いもよりませんでしたね、シャント伯爵」

カノンの招きに応じて、颯爽《さっそう》と現れたのはタミシュ大公ベイリュートだった。

長い艶《つや》やかな黒髪をいつものように背中で緩やかに結わえている。

「お越しくださり、感謝します。先日は途中でお別れしてしまいましたし。――大公閣下にお見せしたいものがあったのです」

カノンは大公に向けて微笑《ほほえ》んだ。

ベイリュートを招いたのはカノンが部屋をもらっている離宮――ではなく、第一図書館だった。

「私に見せたいもの、ですか？」

「私が普段、図書館で何をしているか、興味があるとおっしゃっていたでしょう？」

今日は休館日だが、ゾーイ館長から入館許可は得ている。

第一図書館のエントランスでベイリュートをラウルと共に出迎えれば、その背後から二人の令嬢が姿を現した。こちらの二人はやや、戸惑っている。

ラオ侯爵家のミアシャとサフィン侯爵家のジョアンだ。

ルーカスに伴われて姿を現した二人はお招きにあずかり、と社交辞令《しゃこうじれい》を口にする。

ジョアンは今日も華麗に装い、ミアシャはいつもより動きやすそうな服だ。

ベイリュートはあらかじめカノンから招待をしていたが、ミアシャもジョアンもルーカスに今日いきなり図書館に誘われたのだ。何事か、と挙動不審にもなるだろう。

当日、急に招くというのは非礼なことには変わりない。だが、皇帝の誘いとあれば二人は断れなかったはずだ――本当に彼女達を誘ったのが、カノンだと気づいていたとしても。

カノンは令嬢達にも機嫌よく話しかけた。無邪気に、無神経に――逆撫《な》でするように。言うなればシャーロットのような笑顔に見えていればいいのだが。

「ああ、よかった。お二人とも来ていただけないかと思っておりました」

ジョアンがにこりと微笑む。いつ見ても完璧《かんぺき》に控えめな、淑女の笑顔だ。彼女はその楚々《そそ》とした口元に白魚《しらうお》のような指を添えた。

「今日はカノン様のお招きだったのですね。てっきり陛下が散策にお誘いくださったかと思いましたのに」

言外に、カノンの招きであれば来なかったと告げられたが、気づかないふりをする。ミアシャはカノンとジョアンの会話を悪戯《いたずら》っぽく眺めて斜め後ろにいたルーカスを仰いだ。

「ふふ、私も陛下からのお誘いかと勘違いしておりました。ぬか喜びでしたわ」

「はは、悪いな」

ルーカスは余所《よそ》行きの笑顔で短く謝る。微塵《みじん》も心が籠《こも》っていない、とカノンでさえ思ったがミアシャは気づいていないのか気にしていないのか笑顔のまま、視線をカノンに向けた。

「なぜ図書館にお招きいただいたのでしょう？　――友好を深めるならば、お茶会でもよかったのでは？」

カノンはもっともな疑問に頷《うなず》き返した。

「ミアシャ様が図書館に興味がおありだとおっしゃってくださったからですよ。――私は世情に疎《うと》いので、皆様に満足いただけるようなお茶会は開けないでしょうし……トゥーランの貴族令嬢を代表するお二人に図書館を紹介したくて。お二人が気に入ってくだされば、もっと令嬢方も図書館に足を運んでくださるでしょうし」

ふぅん、とミアシャは曖昧《あいまい》な声を出した。

確かに、とベイリュートはエントランスから図書館の高い天井を見上げた。螺旋《らせん》階段の先、まるで要塞《ようさい》のように幾重にも棚が重ねられ何万もの本がここには存在する。

「トゥーランの図書館は蔵書こそ立派だが、利用者は少ない。建前では平民も利用できるが、門前払いが実情だろう――知識は上位貴族が占有すべき、という風潮があるようだから」

「タミシュ公国ではそうではないのですか？」

カノンが尋ねるとベイリュートは口の端を上げた。

「それはもう。知識と教養は広く全国民に与えられるべき権利だからね」

カノンはちらりとルーカスを見たが、彼は旧友の挑発的な台詞《セリフ》も、いつもの無表情で聞き流していた。彼の見解は今度ゆっくり聞こうと思いながらベイリュートに意識を戻す。

「わが国では平民だろうがなんだろうが、中央の図書館には誰《だれ》でも自由に出入りできる。トゥーランよりも身分による教育格差は少ないだろう」

「格差……」

ベイリュートが笑う。

「我が公国はトゥーランの首都ルメクよりも人口が少ない。それゆえに――世襲制に頼っていては優秀な人材が中央に集まりづらい。生まれを無視して優秀な人間は積極的に登用せねば公国は立ち行かない……。だから、例えば、そうだな、亜人であっても官になれる」

なるほど、とカノンは感心した。

まあ、とベイリュートは肩を竦《すく》めた。

「さすがに、このような書物ばかりがある区画には出入りを制限するが」

ミアシャが首を捻《ひね》った。

「このような書物？　と言いますと」

カノンは一歩前に出て、棚から一冊の本を手に取った。

「この区画は、魔術書ばかり集めた区画なのです」

「魔術書！」

ミアシャが目を輝かせたのでカノンは彼女に向けて説明した。

「魔術書は大きく分けて四つの種類があります。本自体が魔力を宿し、手にするだけで強力な魔法が発動する禁書と呼ばれるもの。禁書は――大陸に百冊残っていないだろうと言われています。この図書館に保管されているかは、私も存じません。二つ目は本に魔術が刻まれたもの、魔力のある人間が開くと、魔法が発動します」

この区画にある魔術書の多くが、それだ。発動効果は読み手の魔力に比例する。

カノンは棚の間を歩きながら説明して、令嬢達を振り返る。

「それから、この区画にあるのは魔力のある人間しか読めない本。魔法の効果は付与されていません。――最後に、魔術についての知識が書かれた本。こちらは、魔力の有無にかかわらず読むことができます。気になる本があれば、どうぞお手に取ってください」

カノンも手近にあった一冊を開いてみせた。讃美歌《さんびか》とその技法と書かれた本をなぞると、図書館の天井から荘厳《そうごん》な音楽が降り注ぐ。

「このように、――かつて演奏された音楽を鳴らすこともできます」

ミアシャが興味深げに天井を仰いで耳を澄ませ魔術書を手に取り、ややあって肩を落とした。

「すごいのね、カノン様。――私には全く魔力がないから、この本は開くことができないわ、残念。――普通の詩集でも借りていくわ」

貴族であれば多少なりとも魔力があるのが普通だからミアシャの体質は珍しいかもしれない。

カノンは棚から魔力が籠っていない古代語の詩集を手にするとミアシャに手渡した。

「本当はこの場に、ヘレネ様もいらしたらよかったのですが。ヘレネ様も詩集を借りてみたい、とおっしゃっていました」

ミアシャとジョアンがぴくりと肩を揺らした。

それに気づかぬふりをしてカノンは続けた。

「今朝、治療院から、いい報せが届きましたの」

令嬢達がカノンを訝《いぶか》し気に見て、ベイリュートが真顔でカノンを見る。

「ヘレネ様が意識を取り戻して、今日は、食事をご自身でおとりになったと」

ミアシャが目を見開く。

「喜ばしいけれど信じがたいことね。つい先日遠目にお伺いしたときには、ほとんどまだ眠っていらしたけど」

ジョアンも驚きながら、質問した。

「もう、会話はできるの？」

「それはまだのようですが……ああ、ジョアン様はどの本をお持ちになりますか？」

カノンが促すとジョアンはそうね、と視線を走らせて、一冊の魔術書を手にした。

「植物の図鑑を借りようかしら。初めて見る本ばかりで楽しいわ」

ジョアンには多少魔力があるらしい。カノンも読んだ古代帝国の植物図鑑を手に取っていた。

好きなページを開けば、立体的に植物が浮き出てその生態を知ることができる。

ベイリュートがジョアンとカノンの会話に割って入った。

「伯爵。ヘレネが目覚めたというのは本当なのか？」

カノンは答えずに手鏡を取り出し、口の中でヘレネの名前を呼んだ。途端に、手鏡から映像が浮き上がる。ぼんやりと上半身を起こしたヘレネは治癒《ちゆ》師から勧められた皿から緩慢な動きで、それでも自分で匙《さじ》を口に運ぶ。

その傍らには治癒師の老人と、キリアン青年がいてヘレネに何やら話しかけている。

「……っ！　今の映像は……」

映像を見たベイリュートが弾《はじ》かれたように、声にならない叫びをあげる。よく見よう、と彼が映像に駆け寄った瞬間に、カノンは手を動かして、その映像は消えた。

カノンは何食わぬ顔でベイリュートに告げた。

「もう数日したら、お話しもできると伺いましたわ」

ベイリュートがカノンとルーカスを交互に見た。

「ヘレネのことだけではない、なぜ、彼女の側《そば》に、キリアンが……」

思わず、とベイリュートが彼のことを口にしたところで、カノンは青年の名を口にした。

「よく来てくれました、キリアン。タミシュ大公にヘレネ様の状況をご説明してくれますか」

左右色違いの瞳《ひとみ》を持つ、人狼族《じんろう》の青年は一礼した。

「大公閣下にご報告申し上げます。ヘレネ・フィンツ子爵令嬢は昨日から意識を取り戻され、現在、更なる治癒を施している最中です。――以前のように夢うつつの覚醒《かくせい》ではなく、意識が明晰《めいせき》であられます。そう、遠くないうちに、大公閣下によい報告ができるかと」

ベイリュートは、気が抜けたかのように、そうか、と呟《つぶや》き。目の前の男を凝視していた。

「……キリアン、どの」

「はい、閣下」

「それは確かなことか」

「もちろんです」

「喜ばしいことだわ……！　治癒師の腕がいいのね」

ミアシャは心底驚いている。そして我に返ったかのようにベイリュートを寿《ことほ》いだ。

立ち上がり、頭を下げる。

「ご同胞の回復を、心よりお喜びいたします。……我が商会の不手際で、ヘレネ様への害を及ぼしました。このような事態を引き起こし、ずっと心苦しく思っておりました」

ベイリュートは落ち着きを取り戻して咳《せき》払いした。

「いいや、ご令嬢がヘレネを気にかけていらしたことは、存じています。ジョアン様も」

ジョアンも頭を下げた。

「ヘレネ様の現状は私の不手際です。心よりお詫《わ》び申し上げます」

――ジョアンの目の前でヘレネは毒を飲んだのだ。衝撃はミアシャよりも上だろう。

「けれど、どのような魔術でヘレネ様は目覚めたのですか？」

ジョアンの問いに、キリアンが曖昧に微笑む。

「今までの通りの治療をさせていただいていただけなのですが、ああ、日当たりのいい部屋に移っていただいたので、それがよかったのかもしれません」

カノンもよかったわ、と微笑み、言葉を続けた。

「ミアシャ様とジョアン様のお見舞いの品は一時的に別のところに保管されているのですって、あとで戻してくださるそうよ」

「はい、所長室の机の後ろの戸棚に、大切に置かせていただいております」

カノンとキリアンの台詞に令嬢達は頷く。

喜ぶ令嬢二人とどこか上の空のベイリュートと、困ったようなキリアンを横目にカノンは手順通り図書館の説明を粛々《しゅくしゅく》と進めすべてを説明し終えると、ミアシャとジョアンを送り出した。

シュートが二人を送っていくその後姿を眺めていると、ベイリュートが長い沈黙の後に、深く息を吐きだした。

「シャント伯爵。キリアンが、どうしてここにいる？　どうせ、ヘレネのことだけでなく……キリアンを私に会わせるのが目的だったんだろう。ルーカス、君のたくらみか？」

「何のことかな。俺《おれ》はただ暇だったので今日の集まりに参加しただけだ」

「……よくもまあ、いけしゃあしゃあと」

二人のやり取りに、カノンは苦笑した。

見上げたベイリュートの形の良い耳には、青の宝石が飾られている。

キリアンの耳と同じように、だ。カノンは二人の青年を見比べた。よく見れば、彼らは少し面差《おもざ》しが似ている。

「まどろっこしいことをしてごめんなさい、閣下」

――得体の知れない魔術書に書かれていた貴方の過去を盗み見たのだ。などとは口が裂けても言えない。

ベイリュートの過去の映像に出てきたのは、キリアンだった。

跪《ひざまず》いて幼いベイリュートに別れを告げた、少年。

「ヒントをくださったのは閣下ですわ。――ルカ様のせいでお身内が犠牲《ぎせい》になった、とおっしゃっていましたよね？　それが誰かはおっしゃいませんでしたけれど。私は暇なので。『ルカ様のせいで』名指しされるほど哀れな犠牲者がいたかどうか――タミシュ大公国出身の人間の中にいたか、調べたのです」

タミシュ大公国からトゥーラン皇国に来て、更に皇帝の側に勤める人間など数は限られる。

「キリアン殿のことを知った後に、お二人が同じ輝石を持っていらっしゃったので。引っかかっていたのです。もしや、閣下の言われた身内とはキリアン殿のことか、と」

二人が持っているのはタミシュ大公国産の珍しい輝石だ。

ベイリュートが疑わし気にカノンを見た。

「貴女《あなた》にそんな調査能力が、ある、とでも？」

もちろんない。カノンが魔術書を見たことは秘密なので（と言うよりも、頭がおかしいと思われそうなので）とりあえず微笑んでみせた。

「色々と人には言えない方法がありますの——けれど、手の内はこれ以上見せませんわ」

ベイリュートが鼻白む。

「伯爵は魔力がおありになるとか。予見の異能もあるのか？」

そんなものは全くない。ないが、カノンは笑ってごまかすことにした。

何かしら得体が知れない女だと思ってもらっていた方が、物事は進めやすいだろうから。

「閣下とキリアン殿。お二人がどのようなご関係かは存じませんし、お尋ねもしません。

トゥーランはヘレネ様のご快癒に尽力《じんりょく》し……貴方《あなた》のお身内をルカ様は傷つけていませんわ」

カノンは肩を竦めてみせた。

「……返還の調印をしない、などとはおっしゃらないでしょう？」

ベイリュートが舌打ちをする。

キリアンが困ったように、閣下、と呟く。

タミシュ大公は、はあ、と空を仰いだ。

「――最初から返還の約定《やくじょう》を完全に無視できるとは思っていない。――だが、細かな規定には異論がある。そちらについては色々と条件を詰めさせてもらおうか」

「条件についてはルカ様が調停の場で手ぐすね引いて待っていらっしゃいますわ。どうぞ、ご存分に……！」

カノンの言葉に、ベイリュートがやれやれと肩を竦めた。

「ただし、ヘレネが、話ができるようになったなら、毒を盛られた日に何があったかは直接聞かせてもらおうか……。彼女が全快するかはわからないし、全快したとしても、毒を盛られたことを許したりはしない」

カノンはそれにも微笑み返した。

「もちろんです。彼女には、きちんと罪を償っていただきます」

その日の深夜。彼女は一人で報せを待っていた。

命じたことを部下が遂行できたかどうか、気になって眠れなかったのだ。

一刻も早く、あれを消してしまわなければいけない。

治療院の所長室に忍び込んで、戸棚を開けて――。

再び誰にも会わないように皇宮に戻ってきて――。考えながら、震える手で顔を覆う。

ヘレネが目を覚ます前に処分して……。

「お嬢様、来客が」

実家から連れてきた侍女が彼女を呼ぶ。彼女は弾かれたように顔を上げ、扉に駆け寄った。

「遅いわ！　何をして――」

「お待たせして、申し訳ありませんでした」

静かな声に扉を開けた彼女は、待ち望んでいた人物とは全く違うシルエットを目にして、動きを止めた。深夜にもかかわらず急な訪問をしたカノン・エッカルトの表情には罪悪感の欠片《かけら》も見当たらない。その傍らには皇帝の腹心、シュートが控えていた。

彼女がヘレネに贈った花を抱えて、カノンを守るように控えている。

「ごきげんよう、ジョアン様。ヘレネ様に贈ったお花を、ジョアン様の騎士が回収しようとなさっていました。――こっそりと。こんな深夜に」

「……何の、こと」

声が上擦るのを堪《こら》えるように胸元に置いた手が、小刻みに震える。

カノンは不思議なほどに澄んだ翠《みどり》色の瞳でジョアンを見つめると、白い花束をシュートから受け取りそのままジョアンに、手渡してきた。

「どうぞ、お返しします。ジョアン様。この花の効能を、ジョアン様はご存じだったんですね？　――だからヘレネ様に贈られたんですね。ヘレネ様が回復しないように。珍しい花だと思ったのです。まさか、古代帝国の花が現存するとは思いませんでした。そして、それを使って貴女がヘレネ様を呪《のろ》っていたなんて」

カノンが視線を走らせた先には、今日、まさにジョアンが借りたばかりの魔術書がある。古代帝国の花々を記した本だ。

ジョアンは花束を取り落として、蒼褪《あおざ》めながらも首を振った。

「誤解よ、カノン様。珍しくて綺麗な花だったから。ヘレネ様に贈っただけよ。——呪いなんて知らなかったわ。そう、今日……偶然、図鑑を見て……知ったの。だから、怖くなって！　この花に、そんな効能があるなんて知らなかったわ！　だから」

カノンがジョアンの言葉を引き継ぐ。

「……その本を読んで、効能を知った、と？　だから怖くなって花を回収したんですか？」

「そうよ——！　効能を知っていたら、花なんて贈らなかったわ」

カノンはジョアンの横を通り過ぎて彼女の部屋に足を踏み入れた。

机の上に魔術書がある。

その魔術書を手に取るとカノンは開いてみせた。

古代帝国の植物誌、と背表紙には刻まれている。——だが……、開かれた魔術書から空中に躍り出たのは、ぬるりとした感触の何か、だった。

「……魚？」

呆《ほう》けたジョアンの言葉と共に、ぴちゃんと水音がして、本の中に魚の大群が戻っていく。

「背表紙に細工をしていましたの……その本は、植物のことなど、何一つ書いていないのです、ジョアン様」

「私を、……誘導したのね、嫌な人」

ジョアンはずるずると、その場に座り込んだ。淑女然とした顔は歪《ゆが》んで幼女のように頼りなくぐずぐずと崩れていく。カノンはへたり込んだジョアンを見下ろした。

「教えてください。どこであの花を知ったんですか？」

違う、となおも否定しようとしたジョアンが口を開くより前に、シュートが宣言する。

「ジョアン様の騎士は先ほど、拘束《こうそく》されました。――私が無理やりジョアン様にお話しいただくよりも、ご自身で申し開きをされる方がいい。その方が、罪は軽くなるでしょう」

サフィン侯爵家のジョアンは項垂《うなだ》れて――小さく頷いた。


事の顛末《てんまつ》を話しながら、カノンはルーカスの前に一冊の魔術書を広げてみせた。

古代語で「旧帝国の植物」と記された図鑑だ。背表紙は元に戻してある。

ぱらぱらとページをめくった半分あたりで指を止めると、シュートが持ってきたものと、そっくりな花が浮き上がった。

「毒ではないのです、この花は」

へえ、とシュートが手の中の白い花を見る。

「百合《ゆり》と似ているけれど、ただの百合ではない」

そして毒でもないし、効能も現代には知られていない花だから、治療院に勤める人々は、ジョアンが見舞いにと数日おきに贈っていた花を常にヘレネの枕《まくら》元に飾っていた。

「では、この花はどんな効能が？」

カノンは図鑑の説明を端的にまとめた。

「古代帝国では、病気治療に使われていたようです。病状が重篤《じゅうとく》な患者に用いられていたみたい。体の状態をそのままに保ち続ける――一日を繰り返す、と言ってもいいのですけど」

シュートがぽかんと口を開けた。

「つまり、ヘレネ様の状態をずっと『悪い』まま、に保たせていたんでしょう。効能を逆手に取った呪いのようなものですね。以前、ジョアン様は図書館に頻繁に通っていらっしゃいました。その時に魔術書を図書館で読んで気づいたのでしょう。同じ花が故郷にあったことに」

カノンが図書館に来たばかりの頃《ころ》、貴重な魔術書が図書館で廃棄されそうになっているのを見かけた。誰がこんな貴重なものを捨てようとしたのか腹を立てていたのだが、ジョアンだったのかもしれない、とカノンは思っている。

ジョアンはその花を、自分に与えられた庭で育てていた。

「惨《むご》いことを。一日を繰り返すなど、いつまでも続けられるわけがないでしょうに」

シュートがげんなりと呟き、ルーカスがため息をついた。

「ベイリュートがごねて港町の返還が先延ばしになるまで昏睡《こんすい》状態にさせればいいと思っていたのだろう」

カノンがルーカスを見ると、彼は説明をしてくれた。

「返還される国境の土地は、ミアシャの……ラウ公爵家の管轄《かんかつ》になる」

ヘレネが毒を盛られたのは、国境の港町の返還を阻止したいサフィン侯爵家の横やりだったのではないか、と。ジョアンの実家は報せを受け、早々に使者を送ってきたらしい。

「サフィン侯爵は何と言っている？」

シュートはため息をついた。

「すべて、ジョアン様の独断だったと。ヘレネ様がルーカス様の覚えめでたいのに嫉妬《しっと》した挙句の愚かな犯行だと……。身柄を引き渡せば処罰すると、そうおっしゃっているようです」

ルーカスはうんざりと天井を見上げたし、カノンも言葉に詰まった。

どう考えても体《てい》のいいトカゲのしっぽ切りだ。

「ジョアンは急病だと侯爵に伝えろ」

カノンはルーカスを見た。

「ジョアン様はどのような罰が下るのでしょうか？」

ヘレネのことを思えば、重罪が課せられるべきなのだろうが、途方に暮れたジョアンの姿を思い出すと……いたたまれない気持ちになる。

ルーカスはちらり、とカノンを見るとややあってつまらなさそうに足を組みながらシュートに命じた。

「ジョアンには、誰からの指示か白状すれば命は助けてやると言え。新しい身分も用意してやると——自死も暗殺もさせるな。いいな？」

「御意」

シュートが頷いて、部屋を出る。

血なまぐさい話が終わりカノンはほっと息をついた。

さて、とルーカスがカノンを見た。

「姫君」

「はい、陛下」

「キリアンとベイルが顔見知りだと、よく気づいたな？　それに古代帝国の植物についても」

「植物については偶然です。お二人については、同じ宝石をつけていらっしゃったので」

「それだけで気づくものか？　キリアンの件については、姫君は察しが良すぎる。どんな魔法を使った？　姫君に魔力があるのは知っているが……予見の力もあるのか？」

ベイリュートにもそう勘違いされていた。

いっそ、そう思ってもらった方がいいかもしれない。魔術書と言うか、ゲームブックのカンニングです……とは言えずに、ははは、とカノンは乾いた笑いを立てた。

「――今は申せません。閣下」

はぐらかすと、皇帝はやれやれと半眼でカノンを見た。

「まあいい、ベイリュートが交渉の席に着くのは姫君の手柄だ……何が欲しい？」

ルーカスが手を差し出す。

彼の手に自らのそれを重ねながら、カノンは、微笑む。

「それは、もう！　当初のお約束通り。私を図書館の館長職に任じてください」

「約束は守ろう」

カノンは満面の笑みでルーカスを見つめ返す。

「交渉が終われば、私はお役御免ですね？」

「……やけに嬉《うれ》しそうだな」

ルーカスは口を尖《とが》らせた。

当たり前だ。皇宮などという厄介な場所からはさっさと引っ込んで、もらった爵位を活用しつつ、図書館の館長業務に邁進したい。

浮かれるカノンと対照的に、ルーカスはなぜか不機嫌そうに、鼻に皺《しわ》を寄せた。

「そんなに俺と別れるのが嬉しいのか？　冷たいな」

「まさか！　一言も言っていません！　寂しいと思っていますよ？」

皇宮での暮らしは、楽しかった。衣食住に困らないというだけではない。ラウルや身の回りの世話をしてくれた人々は親切だったし、皇太后《こうたいごう》はいつも気にかけてくれた。それに、身内だからと言って、ルーカスも多忙な合間に時間を作ってくれた。

「一人じゃないのは……心地よい、とそう……思っております」

いつも一人で部屋に籠って本を読んで、窓から空を眺めていた時よりもずっと楽しい。

つい、本音がぽろりと漏れる。

ルーカスはふぅんと首を傾《かし》げた。

「では」

言いながら指が頬《ほお》に触れる。ひやりとした指に身を竦めたが、それを許さないとでも言うように指が追いかけてくる。ルーカスは案外、距離が近い人だ。疲れたときは触れたがるのも知っている。だが、あまりにも顔が近い――と思った次の瞬間。指がす、と移動して髪に触れる。優しく動く指に合わせるように低い声がぽつり、と落とされた。

「無理に離れる理由はないだろう。ここにいろ」

「え？」

「カノン・エッカルト。俺はおまえが好ましいらしい――調印式が終わっても、皇宮に留《とど》まる気はないか？」

紅《あか》い瞳がカノンの返事を待つように、じっと見下ろしてくる。

――徐々に近づいてくる吐息と唇は、避けようとすれば容易《たやす》かっただろう。

だが、なぜか身じろぎすらできない。綺麗だな、と見惚《みほ》れているうちにさらりと唇を奪われて、なだめるように親指の腹で動きを上書きされる。

「私、は――」

柔らかな熱が離れるのを、確かに惜しいと思いながらも――ただ途方に暮れた。

★第八章　皇帝陛下の司書姫

「一日中図書館に籠《こも》っているのね？　陛下はお一人でお可哀《かわい》そう」

早朝から図書館で本の整理をしていたカノンは、揶揄《からか》うような声に、視線を下に移した。

「……ミアシャ様、とジェジェ？」

「ごきげんよう、カノン様」

赤毛の美女は朗らかに笑い、その腕の中で白いもふもふとした魔猫《まびょう》がにゃと短く鳴いた。

慌てて床に下りると、ジェジェがぴょん、とカノンの腕の中に飛び移った。

「どうしたの、ジェジェ」

「それはこっちの台詞《セリフ》だよ、カノン！　あんまり帰りが遅いから迎えに来ちゃった。あ、ミアシャが来たいって言ったから連れてきてあげたよぉ」

「陛下が交渉にいそしまれているのに、カノン様はずいぶんと薄情ですのねえ」

ミアシャの嫌味に、う、とカノンは固まった。

――タミシュ大公国とルーカスの交渉は順調に進んでいる。

いくつかの行事をこなして少し暇ができた日、カノンは自分の荷物の一部を持って久々に図書館の職員寮に立て籠っている。

調印式が終わっても、急に離宮を離れることはしないが、徐々に元の生活に戻らなければならないからその予行演習よ、と告げて逃げるように図書館に戻ってきてから、もう十日ほどが過ぎた。数日ほど前からは休館して書庫の整理をしているから、ラウルの護衛も不要よ、と追い返してしまったので……頭を冷やすのにちょうどよかった。

「本日は何事ですか、ミアシャ様」

ミアシャは肩を竦《すく》めた。

「暇だから遊びに来たのよ。ヘレネ様は、まだ散策できる状態じゃないし。まるで入れ替わったみたいにジョアン様が臥《ふ》せってしまって。偶然にしろ、すごいタイミングよね？　――他《ほか》の侍女達もなんだか理由をつけて里帰りしてしまったし」

「女の子が減って騎士ばっかうろうろしていて皇宮が汗臭くて、いやんなっちゃうよ」

ジェジエもぼやく。皇太后宮《こうたいごう》はずいぶんと閑散《かんさん》としているらしい。

――ジョアンは今、急病ということになっている。公には。

ミアシャはどうせいろいろなことを知っていそうだが。

テラスで茶を振る舞うと、ミアシャはどうも、とカノンに礼を言って受け取る。

「そして、貴女《あなた》までなんだかそわそわして図書館に戻ってしまうし」

カノンは視線を泳がせた。ルーカスに言われた言葉が甦《よみがえ》りそうになり、必死に意識を逸《そ》らす。ミアシャは探るような視線をカノンに向けたが、何も指摘せずに話題を変えた。

「作業、手慣れているのね」

皮肉ではなく、素直に感心している口調だった。

「遊びで働いているのかと思っていたけれど、分類が見やすくなっているみたいだし。たまには私も利用させていただこうかしら」

そこに気づくとはミアシャはお目が高い。

どちらかは皇妃になるだろう、と目されていたジョアンが「病気」になり、カノンが皇宮を去れば、ルーカスはミアシャの手を取るのかもしれない。美男美女の並ぶ姿はいかにも絵になりそうだ。考え込むカノンを観察するようにミアシャは目を眇《すが》めた。

「いきなり貴女が図書館に家出したと聞いて、皇太后様ががっかりされていたわ。陛下も落ち着かないようだし、早く戻っていらして？」

「私が戻らない方が、ミアシャ様にはご都合がよろしいのでは？」

カノンが梯子から下りて疑問を口にすると、美貌《びぼう》の令嬢は肩を竦めた。

「そうねえ。父も兄達もジョアン様の急病を喜んでいるわ。貴女のことは陛下の気まぐれと思っているから。家格的にも、陛下のお相手は私が有力になったでしょう？　……けれど」

とミアシャは口元に指を添えて付け加えた。

「私は陛下をお慕いしつつも袖《そで》にされる可哀そうな令嬢、でいたいの。ライバルに消えてもらったら困るわ」

意外な発言に、カノンは動きを止めた。ふふ、とミアシャが笑う。

「貴女と同じように、私にも事情がある、ということ。悪いけど勝手に逃げないで」

確かにミアシャは「ルーカスを好きだ」とは思えない行動をちらほらしていたが、皇妃にはなりたくない事情があるのだろうか。

「それに、貴女の義妹がなんだかソワソワしているわよ？」

「シャーロットが、何か？」

意外な名前を聞いて思わず声が低くなってしまう。

ミアシャはお行儀悪く舌を出した。

「パージル家のシャーロット様は、皇宮に出仕したいと画策しているみたい。皇太后様ではなく、皇女様の侍女として、ね」

「なんの、ために？」

「若い娘が皇宮に来る。――陛下の気を惹《ひ》くために決まっているでしょ」

「シャーロットには、もうオスカー様という婚約者がいるんですよ？」

カノンは絶句したが、シャーロットの母親は皇女の侍女だったと聞いた、伯爵家の娘だし、家格的にはありえない話ではない。

「結婚したわけじゃないし、破棄すればいいわ。皇女様は陛下の嫌がることをするのが大好きだし、シャーロット様は侮っていた姉からせっかく婚約者を奪ったのに、姉君が一段高い殿方の恋人になったんだもの――屈辱でしょうね。ディアドラ様と陛下じゃ、比べるべくもないし。皇太后陛下は伯爵がお嫌いでしょうけど、皇女様が彼女を招くのであれば口出しはしないわ。ルーカス様だって、くらりと来ないとも限らないし……貴女の義妹は本当に綺麗《きれい》だもの」

ミアシャの煽《あお》り口調に、カノンは反論を試みた。

「ルカ様は外見だけで女性を判断なさったりしない……方です」

ミアシャは「ご馳走様《ちそう》」とニコッと微笑《ほほえ》んでみせた。

「せいぜい、義姉妹喧嘩《げんか》を頑張って。シャーロットが皇妃になるのはごめんだわ」

ミアシャは、言いたいことを言って去っていく。その背中をカノンは呆然《ぼうぜん》と見送った。

「シャーロットが皇宮に？　そんなこと本当にありえるの？」

ディアドラ侯爵オスカーの婚約者なのに彼を裏切って皇宮入りなどしたらひどい醜聞だ。ルーカスの目に留まるどころか、社交界から爪弾《つまはじ》きにされかねない。ああ、でも彼女ならばいつものように自分は被害者だと触れ回って周囲を味方につけるだろうか。

「元気出しなよ、カノンの方がずーっと可愛《かわい》い。ルカの馬鹿《ばか》が万が一シャーロットに騙《だま》されても、僕がカノンと結婚してあげるからさ」

ジェジェが小さい姿のまま肩に乗って慰めてくれる。

「ありがとうジェジェ。……でも、ルカ様との契約は、そろそろ終わりだし……ジェジェにもこんな風には会えなくなるわ」

ああ見えて義理堅いルーカスは、シャント伯爵を図書館館長に任じるだろう。だが、カノンは恋人役をやめたら皇宮を出なければならない。

二度と……あんな風に親しくは話せなくなる。憎まれ口を叩《たた》くこともなければ、下手《へた》な朗読に文句を言われることもなくなるし、間近で彼の瞳《め》を覗《のぞ》き込むことも二度とない、だろう。

きっと気楽ね、と考えてチクリと痛む胸を自覚する。

カノンは首を振る。

「寂しくないわ。いいえ、寂しくても、すぐに慣れる。いつもと同じように」

ぎゅ、とジジェを抱きしめた。

悶々《もんもん》としたまま翌日も、その翌日も過ごしていたカノンの元に、今度は別の客が現れた。

義弟のレヴィナスだ。大学の論文に使う本を探しに来たい、と言っていたのを思い出して慌てて出迎えると、義弟は苦笑した。

「ごめんなさい、約束を忘れていたわけじゃないの、最近日付が曖昧《あいまい》で」

「構いませんよ。忙しいみたいですね、義姉上。しかし、この時期に——皇宮を離れていいのですか？　陛下の傍らに義姉上の姿がないので皆、不審がっていますよ」

「いいの、皇宮にいたって、もう私ができることはないし、あ、欲しいのは古代帝国の宗教学よね？　それなら——きゃっ」

慌てて梯子を登って手を伸ばしたカノンはバランスを崩して梯子から足を踏み外した。

ぶつかる、と思ったが想像していたような衝撃はなかった。レヴィナスが、受け止めてくれたからだ。

「大丈夫ですか、姉上」

「……あり、がとう、レヴィ。大丈夫」

抱きかかえられて、心配げに覗き込まれる。

その距離感に違和感を覚えてカノンは義弟から距離を置こうとした。

が、レヴィナスが腕を掴《つか》むので離れられない。穏やかな顔つきでレヴィナスが囁《ささや》く。

「カノン――顔色がよくない」

義姉上、とではなく名前を呼ばれる。カノンはびくりと身を固くした。

「シャーロットが、皇女殿下の侍女になろうと画策しています、聞きましたか？」

「……その噂《うわさ》は、確かに聞いたわ。だけど、そんなことできるわけがない。シャーロットには婚約者がいるのよ？」

レヴィナスは皮肉げに笑った。

「シャーロットは一途な女性です。執拗《しつよう》と言いかえてもいいな。欲しいものを忘れないし、嫌いな人間を自分の正義から許したりしないし、やりたいことの我慢もしない」

はらりと額に落ちた髪を耳にかき上げられたので、カノンは慌てて義弟から距離を取った。

レヴィナスのわずかに傷ついた表情から視線を逸らす。

「これから、カノンはどうするんですか？　陛下のお側《そば》にいるつもりですか？　伯爵家には戻ってこないおつもりですか？　貴女に皇宮はそぐわないのに」

静かに問われて、カノンは口籠った。レヴィナスの見透かすような視線から逃《のが》れるように更に距離をとってカノンは無理に明るい声を出した。

「これからって、どうしてそんなことを聞くの？　──決まっているわ。ルカ様の側にいて、たまに、図書館で働いて……伯爵家には戻らないわ」

レヴィナスはじっとカノンを見つめていたが、自嘲《じちょう》するようにため息を漏らした。

「今日は、帰ります。──義姉上と陛下の仲のよさには、嫉妬《しっと》してしまいますね。……けれど覚えていてくださいね。僕はいつでもお帰りを待っていますから」

「……ええ」

「では、また来ます」

義弟の背中を見送って、カノンはへなへなとその場にうずくまった。

レヴィナス本人は冗談で嫉妬、と言ったが、彼の業を考えると、洒落《しゃれ》になっていない。

カノンは少しばかり疲労感を感じて座り込んだ。義弟は、たぶん、カノンとルーカスのついた嘘《うそ》に勘づいて、カノンを善意から心配してくれているのだろう。けれどルーカス以外の体温はカノンを落ち着かせなくさせた。

何故なのか──。

「ルカ様だったら、安心したのに……」

理由を考え始めたら泥沼に嵌《は》まりそうでカノンは思考を放棄した。

「……仕事を、しよう」

再び書棚に向き直ったカノンの耳に足音が聞こえる。

レヴィナスが戻ってきたのだろうか、とカノンは振り返った。

「レヴィ、忘れ物？　ああ、本を借り忘れたのね？」

振り返ったカノンは、意外な人物をそこに認めて凍り付く。

「レヴィ、だなんて。随分親しく呼ぶんですね」

綺麗なストロベリーブロンドがさらりと揺れる。

「お義姉様ったら、あんな風にレヴィナスと逢引《あいびき》していたんですね。オスカー様だけじゃなくて、レヴィナスまでシャーロットから盗《と》ろうとするなんて、ひどい人！」

「……シャーロット……？」

ストロベリーブロンドの髪を指で弄《もてあそ》びながら、そこにいたのは先ほどまでレヴィナスと噂をしていたシャーロットだった。

「逢引？　何を言っているの。そもそもオスカー様はともかく、レヴィは貴女の物じゃないでしょう」

盗られたというなら、それは婚約を破棄されたカノンの方だ。

カノンの反論に、シャーロットは口を尖《とが》らせた。その腕の中に見覚えがある本があるが、何の本だったろうか、と考える。

シャーロットは訝《いぶか》し気なカノンに向かい、にこりっ、と笑ってみせた。

「シャーロットはか弱い乙女《おとめ》ですもの、お義姉様みたいに、一人で出歩くなんてことはしません。もちろん、オスカー様と一緒にここに来ました」

そういう割には、彼女の傍らにオスカーはいない。カノンは無言でぱんぱんと己の服に付いた埃《ほこり》を払いながらあたりを見渡したが、人の気配はない。

シャーロットは今日も綺麗な服を着ているが、カノンは作業着だ。それに気づいたのか、シャーロットはカノンの頭からつま先までゆっくりチェックして、はあ、と大げさに息を吐く。

「先日、夜会で見かけた美しいお義姉様がまるで幻だったかのように元に戻ってしまったんですね。お義姉様、すごく素敵だったのに」

「それは、どうもありがとう」

褒められるなど気味が悪い。妹は大げさに首を振る。

「今は、そんな襤褸《ぼろ》を着て――よくお似合いですけれど」

作業着よ、とカノンは内心で舌打ちした。ひらひらしたドレスで本を持ち運ぶ馬鹿がどこにいるというのだ。不機嫌なカノンの様子に構わず、シャーロットは額を押さえた。

「ここ数日図書館に戻っていると聞きましたわ。お義姉様、お可哀そう。やっぱり陛下に飽きられて、捨てられたんですね？」

　勝手な言い草にさすがに、カチンときた。

「何をさっきから勝手なことばかり言っているの。嫌味を言いに来たならもう十分、今日は図書館は閉館日なのだし、さっさと帰ってちょうだい」

　カノンが出口を指差すと、シャーロットはふるふると首を振った。

「嫌です。まだ話が終わっていません。ねえお義姉様、やっぱりオスカー様との婚約破棄、撤回してください」

　話が見えない。しかしシャーロットは構わずにカノンの腕を取った。

「痛っ……！　何をするの」

　カノンが抗《あらが》うが、シャーロットの思いもよらない強い力で引っ張られる。「こちらへ来て下さい」シャーロットに連れて来られた休憩スペースに人影を見つけ慌てて駆け寄った。ソファに倒れ込んでいたのはオスカーだ。

「お、オスカー様？　どうなさったの、大丈夫？」

　慌てて駆け寄ってみれば、オスカーはすやすやと寝息を立てていた。カノンはこんなところで眠るなんて、と呆《あき》れたが、ややあって妙なことに気づく。いくら揺すっても、彼は、無理やり眠らされたかのように、目を覚まさないのだ。

「……オスカー様？」

くすくす、とシャーロットが背後で笑う。

「オスカー様は、ちょっと聞き分けが悪いから――眠ってもらいましたの」

カノンは義妹の腕の中にある本を凝視した。見覚えがあるはずだ。カノンが伯爵家に残してきた魔術書だ。たいした効果はない。神経をやすらげて、眠りに誘う、本。……昔は病の母のために使っていた本だ。でも、とカノンは唾《つば》を飲み込んだ。

たいした効果がなかったのは「カノン」が使っていたからかもしれない。

魔術書に込められた魔法は、使い手によって効果が変化する。シャーロットは……魔力が強い。

――だって、彼女はこの世界の主人公なのだから。

ヒロインは薔薇《ばら》色に頬《ほお》をそめ、珊瑚《さんご》の唇で無邪気に言った。

「今の状況は、おかしいってオスカー様に言いましたの。オスカー様は私に対して当たり散らすし、レヴィナスはあんなに私を好きだったのに、今は素っ気ないし。――ルカ様だってそう！　お義姉様をお側に置いて、私に気がないふりをするなんて、それって、すごく変！」

だからね、とシャーロットは言った。

一歩、ずい、っと距離を詰められてカノンは気おされて後退《あとずさ》ってしまう。

「オスカー様に提案したんです。お義姉様をオスカー様にあげるから、それでお互い満足して婚約は破棄しましょうって。みなに私を好きでいてほしいけれど、誰か一人お義姉様にあげるなら、オスカー様にしようかなって。一番つまらないもの。ねえ、お義姉様。私侯爵夫人になるよりも、皇妃様になるほうがいいわ。皇女様もそう言っておられたし、皇帝陛下が一番素敵ですし、みんなが一番注目して、褒めてくれるんですもの！」

滔々《とうとう》と語られる自分勝手な言い草にカノンは声を荒らげた。

「ばか言わないで！　私もレヴィもルカ様も、オスカー様だって貴女のものじゃない！」

シャーロットはキッと眦《まなじり》を吊《つ》り上げた。

「私のよ！　だって今までみんな私を好きになったのに、そうならないなんて、変！」

図書館ではお静かに――という注意書きが頭に浮かぶが、今ばかりは仕方がない。

「ルカ様が貴女を好きになるなんて、世界が滅亡してもありえない」

シャーロットがぴくり、と肩を震わせた。

「何度も言うけどオスカー様なんて、こっちから願い下げ。世界中の魔術書をおまけにつけられたって、貴女に叩き返すから！　それにルカ様は私の恋人なの。ルカ様が私以外を好きになるわけがないし、いえ、それはあるかもしれないけど――我がままで勝手で勘違いばかりの貴女なんか絶対に好きにならないわ」

ルーカスがこの自分本位な義妹を選ぶわけがない。性格はともかく、あれで真面目《まじめ》に公務をこなす人だ。何を好んで何を嫌うのかくらいはこの数か月で嫌と言うほど知ってしまった。

シャーロットは怒りでふるふると肩を震わせ……すぐに悲しみのあまり、という風情に切り替えて涙をぽろぽろと零《こぼ》した。

「ひどい……こんなに頼んでいるのに、お義姉様は私を虐《いじ》めるのね？」

可憐《かれん》な仕草と声。ここに観客が居《い》ればころりと簡単に騙されそうだが、生憎《あいにく》とここは劇場ではなく図書館で、無観客故に拍手も喝采《かっさい》もない。

シャーロットはどうあってもヒロインという役を降りるつもりはないようだった。

「……じゃあ、仕方ないわ、私だって反撃するんですから！」

シャーロットがオスカーの側に置いてあった本を手に取る。

背表紙に浮き上がったタイトルを見て、背中にすぅっと冷たいものが流れる。

『闇《やみ》属性の魔獣』

古代帝国の、魔術書だ。

きっと、カノンが開いてもたいした効力はない。せいぜいその姿がどのようなものであったか空中に映し出すことができるくらいだろう。だが……、とカノンは未《いま》だにすやすやと眠っているオスカーを見た。昏睡《こんすい》状態が続いているらしい。

魔力が強いシャーロットが使ったとしたら――。

シャーロットがどの魔獣にしようかな、と鼻歌を歌いながらページを開く。

「ああ、この子がいいわ！　すごく醜くて恐ろしい！」

ぴたり、と指が止まって、可愛らしい唇が、その魔獣の名を呼んだ。

開かれた魔術書の間から煙のような黒い霧がモクモクと立ち上る。

霧が、グォオオ、と地響きをするような声を発して、漆黒の巨体が現れる。上半身は牛のように見える。大きな禍々《まがまが》しい角が左右から突き出し。だが、下半身は蛇のようにとぐろを巻いている――魔術書とシャーロットから力を与えられた魔物は、だらだらと涎《よだれ》を垂らす。

涎が落ちた床は、ジュッジュと音を立てて、溶けた。

「こんなの、どうでしょう」

シャーロットは魔獣を満足気に眺めた。

「お義姉様はオスカー様が忘れられなくて、オスカー様を図書館に呼び出したんです。だけど、オスカー様はお義姉様と復縁できないって断ったから、魔獣を呼び出して、二人とも死んじゃうんです、可哀そう。だけど綺麗な話！　そういうことにしましょう？」

「……陳腐な話。貴女に戯曲は書けないわね、きっと」

カノンは逃げるためによろよろと立ち上がった。

足にこつん、とオスカーの手が当たって、慌てて彼をかつぎ上げようとする。意識を失った身体《からだ》はひどく重い。しかしここに置いていくわけにもいかない、引きずるしかない。

逃げる二人に視線を定めたまま、魔獣はずりずりと床の上で滑った下半身を動かした。

「オスカー様！　早く、起きてくださいっ」

シャーロットはカノンの様子に、シャーロットは初めて憎悪を露《あら》わにした。

「――こういう時にまで、いい子ぶろうとするんですね、お義姉様。そういう澄ました顔、ずっと嫌いでした。傷ついているのに、何でもないって顔するの。もっと怒って反撃してくれなきゃ、私の可憐さや優しさが際立ちません」

カノンは冷や汗を流しながらオスカーを引きずったが、オスカーの体重を鍛えているわけではないカノンではそうそう動かせない。魔獣がニタリと笑い、笑った口元から鋭い歯が覗く。

シャーロットは口の形を魔獣と同じ角度にして、笑いと共に呪詛《じゅそ》を吐き出した。

「さようなら、お義姉様。気落ちしたルカ様は私が慰めてあげるから、心配しなくて大丈夫です。――これで全部丸く収まりますから――さあ、魔獣さん引き裂いて」

「――誰かっ」

叫んでも誰も来るはずがない。今日は休館日で職員はいないのだ。

目を、ぎゅっとつぶる。

――カノン・エッカルト。

脳裏に紅《あか》い瞳《ひとみ》と、低く、耳に心地よい声が甦る。

誰か、ではない。本当は、彼に来てほしい。ここに。助けてほしい。

いいや、せめて最後に声を聴きたい。お前が必要だと、カノンに価値があると、そう言ってくれたのは彼が初めてだったから。

俯《うつむ》いた瞬間に、ちり、と何かが耳元で鳴った気がした。耳飾りが震えて揺れたのだ。カノンは震える指で、――ルーカスが贈ってくれた翡翠《ひすい》の耳飾りに触れる。

唇を噛《か》んで対の飾りを外すと拳《こぶし》の中に固く握り込み、それから近くにあった椅子《いす》を投げつけた。魔獣はなんなくそれをぐしゃり、と噛み砕く。

カノンは次々に椅子を投げつけて、倒れ込んでいるオスカーと反対側に身を躍らせた。

「こっちに、来なさい」

魔獣は笑いながらゆったりと歩いてくる。狙《ねら》いをカノンに定めたらしい。大きく口を開けた魔獣がギリギリまで近づいてくるのを待つ。

ギャハ、と楽し気に魔獣が眼前で笑う――。

その瞳に自らを映しながら、カノンも挑発するように笑ってみせた。

「こんなところで死ぬなんて冗談じゃないわっ。せっかくオスカーに庭に埋められずに済んだのに！　今更オスカーと心中しろ、ですって？　冗談っじゃない！」

翡翠を、固く硬く、握り込む。

――身守りにちょうどいいだろう、とルーカスがくれたものだ。

「ルカ様と心中ならともかく！　悪いけど、相手は吟味《ぎんみ》させてもらうわっ！」

カノンはこれみよがしに大きく口を開けた魔獣の喉《のど》めがけて翡翠を勢いよく放《ほう》り込んだ。

「グアッ!?　グアアアアアアッ!!」

――翡翠は、魔を祓《はら》う。魔獣にも効くはずだ。

カノンは呻《うめ》く魔獣から逃れて身を翻《ひるがえ》した。

脱兎《だっと》の如《ごと》く走り去ろうとして、だが、魔獣の気配がすぐ背後にある。

これまでね、と覚悟したとき――。

ふわり、と身体が宙に浮いた。

「……――？　な、に？」

魔獣の爪《つめ》に引っかけられたのか、と身を固くするが、衝撃は訪れない。

恐るおそる目を開くと、見慣れた騎士服が視界に入る。カノンが顔を上げると、呆れたような、揶揄うような緋《ひ》色の瞳が間近にある。

「ルカ、様」

「遅れたか？」

ルカに抱きかかえられている、と気づいて――これはいわゆるお姫様だっこ、というやつだ
――二人で宙に浮いていた。

「カノン・エッカルト。心中したいとはなかなか熱烈な告白だと思うが、そういう求愛は当人がいるところですべきだな」

「……ルカ様……」

へなへなと腕の中で脱力すると、ルーカスは柔らかく目を細め、コツンと額をぶつけてきた。

「危ないところだったな。だから、外出時には必ずラウルを伴え、と言ったのだ」

「ご、ごめんなさい」

「説教は後でする――遅くなってすまなかった」

ルーカスは緋色の瞳を煌《きら》めかせると足元の魔獣を見つめる。

彼が掌《てのひら》をひと振りしたのが見えた次の瞬間、光に包まれてあっさりと魔獣は黒い霧に戻る。

黒い煙が霧散して視界がひらけると、大きな魔猫が何かを咥《くわ》えてルーカスとカノンを待っていた。カノンは目を丸くする。

ジェジェに咥えられていたのは、シャーロットだった。白い猫にがぶりと咥えられてばたばたと足を動かしている。

「くるし……はなし……はなしてよっ」

胸が圧迫されるのかもがいているシャーロットをルーカスは一瞥《いちべつ》した。カノンはふわり、と床に下ろされる。

「それは食っていいぞ、野良猫。腹が減っただろう？」

ジェジェは不快気に眉間《みけん》に皺《しわ》を寄せて、ペッとシャーロットを吐き捨てた。

「やだよお、お腹《なか》壊すじゃん。僕って美食家なんだからね？」

猫の大きな爪がシャーロットをオスカーの側に転がす。

「きゃあ！」

シャーロットの可憐な叫び声をルーカスはつまらなそうに眺めた。

カノンはまだ床にへたり込みながらルーカスを見上げた。

「……どうして、ここにいらしたんです」

「街を散索《さんさく》していたら図書館に向かうディアドラの馬車とすれ違った、とミアシャから報告があった」

何かよくないことがありそうだ、と進言してくれたらしい。

「こ、皇帝陛下……わ、私はっ……陛下のためにっ」

起き上がったシャーロットが喚《わめ》き、ルーカスがしゃらりと剣を抜いて彼女に突きつける。

昼の端に切っ先を突きつけた。

「――ひっ」

「俺の許しなく戯言《たわごと》をまき散らすな。喋《しゃべ》れなくなってもよいのであれば止めないが」

シャーロットはコクコクと頷いた。

「カノン・エッカルトが無傷であったことを神に感謝しろ。ついでにおまえの婚約者も、な。せっかくだから、無傷で返してやる。末永く、大切にするといい」

ルーカスはにこやかにオスカーを蹴《け》った。彼はがっと鼾《いびき》をかいたがまだ眠っている。

「パージル伯爵令嬢。其方《そなた》が二度とオスカーを奪われると心配しないでいいよう、婚姻を即日許可してやる。二人で幸せになるといい。美しい侍女の出仕を楽しみにしていた叔母上《おばうえ》は悲しむだろうが、若い二人のためには仕方ないな。侍女は別の令嬢を推薦しよう」

シャーロットが身体を強張《こわば》らせた。

上級貴族同士の婚姻には皇宮の許可が必要だ。通常、許可には半年以上はかかる。

だが、勅命《ちょくめい》ならば早々に許可は下りるだろう。シャーロットはワナワナと震えている。飛びかかろうとした背中をジェジェがむぐ、と噛んだので、無様にばたばたと手を動かしている。

ルーカスは機嫌よく尋ねた。

「直言を許す、何か異論があるか？」

シャーロットは堰《せき》を切ったように喚いた。

「お義姉様が嘘をついて、私にオスカー様を押しつけようとしているのに！　陛下はなんで私を選ばないのっ？　私の方が可愛いし、私の方が幸せになれるはずなのに！　私より幸せになるなんて、そんなの狡《ずる》いッ」

わっと泣き伏したシャーロットにルーカスが眉間に皺を寄せた。

「……やはり殺すか？」

物騒な独白に、カノンは慌てて首を振った。

「陛下、お許しください。私は無事でしたし、……彼女がこうなったのも、彼女だけの責任ではないと思います。――どうか、御慈悲を」

彼女はもちろん悪いがシャーロットの自意識を肥大させた伯爵も悪い、と思う。

ルーカスはチッと舌打ちをした。以前から思うのだが彼は皇宮で生まれ育った深窓の皇帝にしては、何かこう好戦的すぎないだろうか。

「それに、パージル伯爵家の体面もあります」

カノンが言うと、仕方ないとルーカスが片頬を、歪《ゆが》めた。ジェジェに命じる。

「野良猫。咥えてその娘を皇宮に連れていけ。皇太后の前ですべてを詳《つまび》らかに話させろ」

「ひかたないなあ。ほーら、ひゃーロットちゃーん、お空飛んでいこうねえ、暴れたら落ちちゃうから、大人《おとな》しくしときなよお」

ジェジェはシャーロットを咥えたまま、器用に話すと、うきうきと身を翻した。

「ぎゃあ！　なにするのよっ」

ジェジェは勢いよく窓をガシャンと割って、シャーロットの悲鳴と共に、そのまま空に飛び立っていく。掃除が大変だわ……とカノンは呆然としつつ、ふわふわの猫が機嫌よく去っていく背中を見送った。

「……ジェジェに任せて、大丈夫でしょうか？」

「いいんじゃないか？　あの猫は胸糞《むなくそ》悪いことに待遇としては準皇族扱いだ。叔母もあれが殺人未遂現場を見たと言えば強く反論はできんだろう――何せ、先帝の霊獣だからな」

「霊獣」

カノンは目をぱちくりとさせた。聖書に出てくる、特別な力を持った魔獣のことだ。

「精霊、または神の使途とも呼ぶが、――もともとは強大な魔力を持った大層なものらしい。

どこからどう見ても、ただの怠惰な毛玉だが」

カノンは、はあ、と頷いた。そんなに偉いお猫様だったとは知らなかった。

首を捻《ひね》っているところで、遠くから幾人かの足音がする。

さすがに派手な音がしたせいで職員達が集まってきているのだろう。

「立てるか」

「……無理そうです。手を貸していただいてもよろしいですか」

「いくらでも」

「ひゃっ」

手を貸されるのではなく、ひょい、と抱え上げられたせいで妙な声が出る。ルーカスは悪戯《いたずら》が成功したかのように、小さく笑った。

どきり、と鼓動が速くなるけれどもこの温度は心地いい。義弟に触れられた時とは明らかに違う。そのことに気づいてしまったことに、カノンは困惑し、なんと言っていいかわからずに、ぼそぼそと、口にする。

「翡翠を、駄目にしてしまいました」

「身守りにやったものだ。役に立ったのならばそれでいい」

「……皇宮暮らしの記念、にし損ねましたね」

笑ったつもりなのに、声が湿る。

見事な翡翠を駄目にした申し訳なさよりルーカスがせっかくカノンを思って選んでくれた記念の宝石が、もうどこにもないのが切ない。

近くのソファに座らされたカノンはルーカスの手が近づいてくるのを見上げる。赤錆《さび》色の目をした皇帝は空中から何かを取り出すと、カノンの掌に何かを押し付けた。

緋色の輝石を、蔦《つた》を模した黄金が取り囲んでいる。

「首飾り……？」

カノンが呆然としているとルーカスが手を取って、カノンにそれを握らせた。

「今度は、俺の目の色の宝石でもいいと言っただろう？　失った翡翠の代わりにつけるといい。

──館長職の就任祝いだ」

カノンは首を振った。自分の瞳の色の宝石は通常、恋人に贈るものだ。

「い、いただけません」

「なぜ」

「……恋人契約は、もう終わりでしょう」

首飾りを返すと、ルーカスはそれを受け取って、器用にカノンの首につける。ひやりとした金属独特の心地よい硬さがチリと皮膚を刺す。

「最近、どうも寝つきが悪い」

「──はい？」

「タミシュの問題は解決したが、まだ周辺諸国との摩擦は続いていて、帝国内でも小競り合いが多い。皇宮では祖母から結婚をせっつかれ、叔母がなにやら怪しげな仲間と楽しく密談中。気が休まることがない」

「……それは、存じておりますが」

「姫君の側は居心地がいい。姫君は俺に媚《こ》びないし、まっすぐに俺を見るからな」

カノンは目を瞬いた。そんな風に思われていたのは知らなかった。

「図書館でこき使われていた時も、皇宮で暮らしていた時も。姫君といると退屈しないし、よく眠れる――一人でいるのが嫌なら、飽きるまで皇宮にいて、時々朗読でもしてくれ」

そっと手を取られて立ち上がらされる。

「俺を嫌っていないなら、働きすぎて疲弊した俺をこれからも助けてくれないか？」

余裕な声音で、しかも楽し気な表情で、気弱な台詞を吐くのが狡いと思う。

「ルカ様の嘘つき。――頑丈なのも存じておりますよ」

くつくつとルーカスは喉を鳴らした。離れたところでまだ寝こけているオスカーを眺めた。

「先ほどの、啖呵《たんか》。アレと比べられるのは業腹だが、まあ、最後にいい仕事をした。――婚約者より俺の方が好きなんだろう」

カノンは慌てて否定した。

「あ、あれは。売り言葉に買い言葉というか、人間として、で！　そういうアレではあり……

ません！」

　ふうん、とルーカスは半眼になったが、まあいい、と口の端を上げた。

「煮え切らんな。結論は急がない。契約はしばらく延長でいいな？」

「そんな、勝手な」

「……翡翠の代金を請求するぞ」

「なッ……さっき、気にするなと言いませんでしたかっ」

「気にしろ、せいぜい気に病め。姫君には善意につけ込むのが効果がありそうだからな。そこにつけ入ってやる」

　言い放った横顔がどう見ても悪役でカノンは思わず乾いた笑いを漏らしてしまった。

「恋人の、フリですよ」

「そうだな」

「契約の延長なだけですからね」

「――今は、それでいい」

　ヒヤリとした指で頤《おとがい》を持ち上げられ、額にキスを落とされる。

　今はな、ともう一度低い声で念を押された。

「陛下」

「姫君、御無事ですかッ」

駆けてくる一団の中に、ラウルとシュートの姿を認めて、カノンは力が抜けてしまった。大丈夫、と二人に手を振る。恋人契約を勧めあげて、館長職を貰《もら》うはずだったのに、なんだかその道が遠のいてしまった気がする。あーあ、とため息をついてから呼びかけた。

とりあえず、形だけでも館長らしい台詞を口にしてみる。

「皆様、図書館ではお静かにね」

「姫君もさんざん騒いでいたような気がするが？」

面白がる皇帝の言葉に聞こえません、と耳をふさぐふりをしてから、カノンも小さく吹き出した。

計画が頓挫《とんざ》してしまったのに、悪くない気分なのが、たちが悪いな、と思いながら――。

★エピローグ

「それで？　いつ別れるの、君達」

タミシュ大公ベイリュートはすべての公式行事を終え、初夏の足音が聞こえそうな季節に帰国の途に就いた。

見送りに来たカノンはにこやかに笑うタミシュ大公に微笑《ほほえ》まれ、掌《てのひら》に口づけられる。

無事に国境の港町の返還の条件がそろって、皇宮ではタミシュ大公を主賓として華やかな夜会が数夜にわたって催され、カノンも何度もダンスを申し込まれたせいで、もう、足が痛い。

彼が帰ると知って、実のところ安心している。

「なんのことかわかりません。閣下——あまりに無礼なことをおっしゃると、キリアン様に言いつけますすよ」

「それは勘弁してほしいなあ」

くく、とベイリュートが笑う。

タミシュ大公は再会したキリアンを連れて帰りたかったらしいが、人狼族《じんろう》の好青年は所長の体調が心配だから、と固辞した、という。ルーカスは何やらシュートと相談していたようなので、キリアンは皇帝の側《そば》仕えとして復帰するだろう。

シャーロットは急病ということで領地に返されているが、――カノンだけでなくオスカーを殺しかけたのだ。国境の修道院へ収監される予定になっている。

レヴィナスによれば、伯爵もさすがに反省をしてとりなしを希望しているようだが、それはもうカノンには関わりのないことだ。伯爵が希望通り隠居すれば順当にレヴィナスがパージル伯爵家を継ぐだろうし、実家に関しての憂いもなくなる。

「ま、いいや。そのうちまたキリアンに会いに来るから。その時、ルーカスに飽きていたらタミシュ大公国に遊びに来るといい」

はあ、と曖昧《あいまい》に答えていると人波がざわめいた。

皇太后《こうたいごう》と皇帝が大公の見送りに現れたからだ。

「大公殿。孫の姫君と、あまり親しくしないでちょうだい。貴方《あなた》みたいな素敵な殿方がカノンの側にいたら、ルーカスの機嫌が悪くなってしまうわ」

今日も喪服に身を包んだ老婦人はにこにこと微笑む。皇太后の言葉にベイリュートは大げさに嘆いてみせ、ルーカスに向かって気障《きざ》ったらしく頭《こうべ》を垂れた。

「皇太后陛下に叱《しか》られてはお暇《いとま》するしかありませんね。では、陛下。またいずれ」

「当分、来なくていいぞ。己の玉座を温めていろ」

つれないな、と笑ってベイリュートは踵《きびす》を返した。

カノンは遠ざかる一群を眺めながら機嫌のよい皇太后の声を聞いた。

「カノンもご苦労だったこと。慣れないことばかりで大変だったでしょう？　イレーネがいれば、あんなに小さかったカノンが立派になったときっと喜んでいるでしょうね」

母を思う口調にチクリと胸が痛む。

このまま芝居を続けるにしろ、イレーネを思う皇太后に嘘をつき続けるのは心苦しい。

いつも、よくしてもらって、しかも侍女達がミアシャ以外里へ帰ってしまった今、皇太后を残念がらせるのは心苦しいが……。

「あ、あの皇太后陛下……実は、今まで、私ずっと嘘をついてきたんです。その……、私がルーカス様と恋人というのは、お芝居で」

唾《つば》を飲み込んでからカノンが口にすると、皇太后はにっこりと笑って首を傾《かし》げた。

「あら、ごめんなさいね、カノン。いま、何かを言ったのかしら？　私はね、最近どうも耳が遠くて……また、耳の調子がいいときに話してちょうだい」

「は？　え？」

明らかな嘘にカノンが間抜けな声をあげると、皇太后の背後に控えていたミアシャが大げさに手を打った。

「まあ、皇太后様、大変ですわ！　はやく離宮に帰りましょう」

ミアシャはミアシャで、ウキウキと皇太后を促す。

「ま、待って？」

去りゆく二人の淑女から、カノンの制止する声は黙殺された。

唖然《あぜん》とするカノンに並んだルーカスが、はは、と無駄に爽《さわ》やかに笑う。

「相変わらず、お祖母様は都合が悪いことがあると耳が聞こえなくなるな」

カノンはあんぐりと口を開け……ややあって、がっくりと肩を落とした。

皇太后はとっくに、カノンの芝居など見抜いていたというわけか。

「さすが血族でいらっしゃる……」

「そうだろう？　我が一族は聞きたい言葉しか耳に入らない体質でな。さ、離宮に帰ろうか」

「その前に、図書館に立ち寄ってもよろしいですか？」

「もちろんだとも、館長殿」

ルーカスは笑ってカノンの手を取った。

カノンの目下の心配ごとは、例の地下室の魔術書だ。

地下の部屋はどうやら攻略対象が図書館にいる場合のみ、カノンも入ることができるらしい。

ルーカスが図書館に帯同してくれた際、彼がゾーイ館長と話している間に何度か部屋に入ったが、オスカーの「傲慢《ごうまん》」の書はただの白紙の本になった。

おそらく彼の運命が定まったからだと思う。

オスカー・ディアドラが今後どうなっても、カノンの将来に関わってくることはない、と思うのだが……問題は、他《ほか》の攻略対象だ。

「怠惰」のベイリュートの魔術書も、「嫉妬《しっと》」のレヴィナスの魔術書も先日目にしたときはまだ「続いていた」。ルーカスの魔術書に至っては、過去の映像を垣間《かいま》見た、あの夜以外は開くことすらできない。

さらに残り三冊のうち一つ、「強欲」の本の背表紙が光って、うっかり読めそうなものすらあったのだ。強欲の業は確か東国からトゥーランに現れる傭兵《ようへい》王が負っていたはず……、と思い出してカノンは暗澹《あんたん》たる気持ちになった。

三人だけでも疲弊したのだ。もう、攻略対象とは関わりたくない。横で笑っている男の相手だけでも手いっぱいだ。

今回関わってしまったベイリュートも、レヴィナスも。どうか、彼らが闇《やみ》落ちしませんように。祈ることしかできないのだが――。

「なにやら頭が痛そうだな、カノン・エッカルト」

眉間《みけん》に皺《しわ》が寄っているぞとつつかれて、カノンは口を尖《とが》らせた。

「新任の図書館館長は、思い悩むことが多いもので。まずは皇帝陛下に今後の運営についてもご相談させていただきたく――」

「お望みのままに、姫君」

ニヤリとルーカスが笑い、馬車にカノンを誘《いざな》った。

しばらくは、ここで皇帝の恋人のフリをしながら、図書館の発展に寄与しよう、と決意する。

カノン・エッカルト。

彼女は大陸の中央に位置するトゥーラン皇国において、各地に図書館を設立し、国民教育に力を注いだ女性として有名だ。皇帝の寵姫《ちょうき》だったことから、当時は館長という役職ではなく、皇宮では羨望《せんぼう》と揶揄《やゆ》を込めて、こう呼ばれていたという。

「司書姫」と。

それはまだ少し、先のことになる――。

了

あとがき

初めましてまたはお久しぶりです、やしろ慧です。

この度は、本を手にとっていただき、ありがとうございました。

読後楽しい時間だった、と感じていてくださっていますように！　と願いつつあとがきを書いております。

企画から何度も根気強くお付き合いいただきました編集様、校正様、装丁や頒布などに関わっていただいた皆様に感謝を。

特に今回は校正様にご迷惑をおかけしました。

校正時に「ここちょっとおかしいよリスト」をいただくのですが、今回とても数が多くて……、リスト握りしめて頭を抱えつつ、私はなにを書いていたんだろう～、と頭抱えたのを思い出して、今でも冷や汗をかけます。大反省。

さて、「司書姫」企画にあたって、ヒーロー・ヒロインの関係性を前作とは変えよう、と決めてキャラを作ったのですが。

主人公のカノンは諦念の人。

父親から疎まれているので、自己肯定感が低めで理不尽な目にあっても仕方ない、とため息一つで裏道から目的地をもくもくと目指すタイプ。

対照的にルーカスは我の強いキャラ。

ヒロインの都合と気持ちとかは結構お構いなく勝手に突き進んでいく感じ。目的地までに壁があったら蹴りいれてぶち壊すタイプと決めて書きました。ヒーローだけど、正義感はあまり持ち合わせがない俺様なので、カノンが振り回されているのが、書いていて楽しかったです。

普段、ヒーローには倫理観があって苦労性な性格を与えがちなのですが、ルーカスは趣味に走って傍若無人な俺様だったので（ラスボスだし）ヒロインおよび部下の皆さんは苦労してそうだなと思いつつも、あまりヒーローが言わないような悪態をついたり暴れたりさせて、ウキウキと執筆できました。

ルーカスと張れるくらいフリーダムな喋る猫、ジェジェもいい感じに動いてくれたんですが、この二人？　の険悪さをもーちょっと書きたかったのが心残りです。

そんな俺様ヒーローと諦念ヒロインを素敵に描いてくださった、なま先生。いただいた挿絵もすべて素敵だったんですが（シャーロットのみならず、オスカーまでかっこよく描いてくださって歓喜です）何より表紙が素敵で！

表紙ラフを戴いた瞬間、にやけてちょっと変な声が出ました。笑。

ヒロインの頭を、ヒーローがわしづかみ！

「逃さない……！」という声が聞こえてくるかと。笑。

お送りしたキャラ設定表がアレな感じで、もう、私のお願いした通りだったのですが、予想を軽く超えた俺様でかっこいいルーカスと、諦めカノンを描いていただき、また二人の間に流れる空気感をばっちり形にしていただき、本当にありがとうございました！

美麗な口絵と共に額に入れて、こっそり楽しみたいと思います。


小説を書くのはいつも「苦しい」と「楽しい」半々ですが、読者の方々含め、たくさんの人が関わってくださってこうやって本の形になると、幸せ。

社会情勢上、いろいろな場所に赴くことができない昨今ですが、いっときでも皆様を楽しい場所にお連れできていればなあ、と思います。

感想など、聞かせていただければ切に喜びます。


それでは、また。

どこかでお会いできることを祈って！

やしろ慧

皇帝陛下《こうていへいか》の専属司書姫《せんぞくししょひめ》
攻略対象《こうりゃくたいしょう》に恋人契約《こいびとけいやく》されています！

2021年８月１日　初版発行
2021年８月25日　第２刷発行

著　者■やしろ 慧

発行者■野内雅宏

発行所■株式会社一迅社
〒160-0022
東京都新宿区新宿3-1-13
京王新宿追分ビル5F
電話03-5312-7432（編集）
電話03-5312-6150（販売）

発売元：株式会社講談社
（講談社・一迅社）

印刷所・製本■大日本印刷株式会社

ＤＴＰ■株式会社三協美術

装　幀■AFTERGLOW

ISBN978-4-7580-9381-1

この本を読んでのご意見
ご感想などをお寄せください。

おたよりの宛て先

〒160-0022
東京都新宿区新宿3-1-13
京王新宿追分ビル5F
株式会社一迅社　ノベル編集部
やしろ 慧《けい》 先生・なま 先生

IRIS 一迅社文庫アイリス

悪役令嬢だけど、破滅エンドは回避したい――

『乙女ゲームの破滅フラグしかない悪役令嬢に転生してしまった…1』

著者・山口 悟
イラスト：ひだかなみ

頭をぶつけて前世の記憶を取り戻したら、公爵令嬢に生まれ変わっていた私。え、待って！　ここって前世でプレイした乙女ゲームの世界じゃない？　しかも、私、ヒロインの邪魔をする悪役令嬢カタリナなんですけど⁉　結末は国外追放か死亡の二択のみ⁉　破滅エンドを回避しようと、まずは王子様との円満婚約解消をめざすことにしたけれど……。悪役令嬢、美形だらけの逆ハーレムルートに突入する⁉　破滅回避ラブコメディ第１弾★

一迅社文庫アイリス

人の姿の俺と狐姿の俺、どちらが好き？

『お狐様の異類婚姻譚
元旦那様に求婚されているところです』

「嫁いできてくれ、雪緒。……花の褥の上で、俺を旦那にしてくれ」
幼い日に神隠しにあい、もののけたちの世界で薬屋をしている雪緒の元に現れたのは、元夫の八尾の白狐・白月。突然たずねてきた彼は、雪緒に復縁を求めてきて――⁉　ええ⁉　交際期間なしに結婚をして数ヶ月放置した後に、私、離縁されたはずなのですが……。薬屋の少女と大妖の白狐の青年の異類婚姻ラブファンタジー。

著者・糸森 環
イラスト：凪 かすみ

IRIS 一迅社文庫アイリス

引きこもり令嬢と聖獣騎士団長の聖獣ラブコメディ！

『引きこもり令嬢は話のわかる聖獣番』

著者・山田桐子
イラスト：まち

ある日、父に「王宮に出仕してくれ」と言われた伯爵令嬢のミュリエルは、断固拒否した。なにせ彼女は、人づきあいが苦手で本ばかりを呼んでいる引きこもり。王宮で働くなんてムリと思っていたけれど、父が提案したのは図書館司書。そこでなら働けるかもしれないと、早速ミュリエルは面接に向かうが――。どうして、色気ダダ漏れなサイラス団長が面接官なの？　それに、いつの間に聖獣のお世話をする聖獣番に採用されたんですか⁉